HISTOIRE

DE LA

GUERRE·

HISTOIRE
DE LA
GUERRE,
AVEC DES RÉFLEXIONS
sur l'Origine & les Progrès
de cet Art.

Par M. BENETON DE MORANGE
DE PERRIN.

A PARIS,
Chez LE MERCIER & BOUDET,
Imprimeurs-Libraires ordinaires de la Ville,
rue Saint Jacques, au Livre d'Or.

M DCC XLI.
Avec Approbation & Privilége du Roy.

HISTOIRE

DE LA

GUERRE,

AVEC DES RÉFLEXIONS
sur l'origine, & les progrès
de cet Art.

Si exieris ad Bellum contra hostes tuos, & videris equitatus & currus, & majorem, quam tu habeas adversarii exercitus multitudinem, non timebis eos : quia Dominus Deus tuus tecum est, qui eduxit te de terra Ægypti. Deut. chap. 20.

ENTRE tous les beaux Arts qui nous sont connus, il appartient incontestablement à celui de la Guerre de tenir le premier rang. La Guerre est la vraie science des Heros ; en vain

A

la regarderoit-on comme un mal; Dieu n'a pas défendu de la faire, il l'a même autorisée; & ses loix dictées dans le Deutéronome sont formelles sur cela.

L'homme ingrat & coupable a besoin de châtimens qui le rappellent vers celui de qui il tient tout le bien dont il jouit. La Guerre est connue dans le monde depuis que les plus braves d'entre les premiers hommes, poussés par l'envie de dominer, se furent faits des sujets, au moyen des Troupes qu'ils assemblerent pour vaincre; & il y a apparence qu'on continuera à la connoître jusques à la fin du monde.

Il n'y a point d'Art sur lequel on ait tant écrit que sur celui de la Guerre; il n'y a point d'Histoire où l'on ne trouve quelque chose qui le regarde, soit par la description d'une bataille, ou par celle d'un siége de ville.

Cette science a eu même dans tous les tems ses Historiens en propre qui l'ont eu feule en vue dans leurs écrits, fans compter un nombre prefque infini d'autres Ecrivains plus particuliers, qui chacuns pour quelque chofe doivent être regardés comme les Commentateurs des Hiftoriens purement Militaires.

Entre tous les Ouvrages de cette derniere efpece faits par des Modernes, & qui tous pour leur utilité meritent des louanges, celui du Chevalier Folard mis depuis peu au jour, doit être eftimé : cet Auteur, quoique n'ayant pour objet que de commenter Polybe (l'un des grands modéles que puiffe imiter un Hiftorien qui voudra écrire dans ce genre) a fçu joindre à fon Commentaire d'affez bonnes comparaifons entre les manœuvres anciennes, & les nouvelles. On fçait combien ces comparaifons, quand elles font faifies avec juftefle, font utiles pour donner à connoître fi on fait mieux la Guerre préfentement, qu'on ne la faifoit autrefois ; fi les ftratagêmes

& les évolutions dont nous ufons, font meilleures que celles que nous offre l'Antiquité ; & qui font celles de ces évolutions que l'on doit préférer aux autres : on ne peut avoir fur cela trop de paralléles ; la matiere eft inépuifable. Je me fuis déterminé à faire cet Ouvrage , non pas dans l'intention de donner toutes celles de ces paralléles qui pourroient être données , mais feulement de donner celles que m'ont produit des réflexions que j'ai eu occafion de faire pendant que j'ai fervi le Roy, tant en qualité d'Officier d'Infanterie , que d'Officier de Cavalerie , & que d'Aide de Camp dans les Armées de Louis XIV.

Mon intention n'eft encore , en donnant cet Ouvrage, que d'offrir à mes Lecteurs un Tableau qui , quoiqu'en racourci , leur préfente une idée générale de la plûpart des chofes exécutées à la Guerre, & les difpenfe par-là de lire bien des Livres qui ne font que contenir plus au long ce que je ne rapporterai qu'en abrégé.

L'Art Militaire contient deux parties principales : la première regarde l'ordre & l'arrangement qui se doit observer dans la conduite d'une Armée , tant pour la faire combattre , que pour la faire marcher & camper : cette partie tire son nom de *Tactique* , qui est celui qui lui est le plus ordinairement donné , du mot grec Τάξις , qui signifie *Ordo*. Quant au mot de Guerre , il vient de celui de *Werr* , tiré de l'ancien Allemand , & il fut mis en usage , au lieu de ceux de *Duellum* & de *Bellum* , par les Peuples du Nord, qui envahirent l'Empire Romain au cinquiéme siécle de notre Ere.

Le même nom de *Tactique* est donné à l'autre partie de l'Art Militaire qui regarde la composition & le jeu des Machines de Guerre. Je n'ai point en vue cette seconde partie ; & pour donner tout d'un coup une idée générale des tems qu'il a fallu pour que la partie de *Tactique*, qui fait l'objet de cet Ouvrage, soit parvenue au point où elle est présentement, je partagerai ces tems en quatre âges.

Le premier de ces âges prendra à la dispersion des Hommes après la construction de la Tour de Babel, pour durer jusques à *Cyrus*, fondateur de l'Empire des Perses.

Le second âge sera depuis que les différentes Républiques de la Grece commencerent à figurer dans le monde, soit en se faisant la Guerre les unes aux autres, ou soit en la portant dans l'Asie, & durera jusques à la Guerre que *Pyrrhus*, Roy d'Epire, vint faire en Italie.

Le troisiéme âge sera depuis ce Roy d'Epire, à l'occasion duquel & de la Guerre que les Romains eurent à soutenir contre lui : ces Romains se perfectionnerent beaucoup dans la façon de combattre & de camper ; & ce troisiéme âge durera

jufques au quatorziéme fiécle de
l'Ere Chrétienne , que la Poudre
à Canon inventée dans ce fiécle
fut caufe du changement qu'il fallu
faire , tant dans l'arrangement & le
campement des Armées , que dans
la maniere de fortifier les Places , de
les attaquer & de les défendre , les
Machines à feu ayant rendu inutiles
toutes celles dont on fe fervoit avant
l'invention du Canon.

Enfin, le quatriéme âge de la *Tacti-que* fera depuis le quatorziéme fiécle
jufques à préfent ; c'eft pendant cet
efpace d'environ quatre cens ans que
l'induftrie humaine a fait effort pour
porter l'Art Militaire dans fa perfection. Je ne déciderai point fi on a
réuffi ; trop de gens font encore par-
tifans des Anciens, en foutenant que
leurs manœuvres de Guerre valoient les nôtres , & que nous n'a-
vons fur cela rien qui leur ait été inconnu.

On penfera peut-être que j'aurois
pu partager avec plus d'égalité les

A iv

tems compris dans les quatre âges de ma *Tactique* , & qu'en mettant plus de ces âges , j'aurois remédié à ce que l'un d'eux ne se trouve du double ou du triple plus long qu'un autre ; on verra par la suite quelle a été la raison qui m'a déterminé au plan que je viens d'offrir.

J'aurois pu encore remonter plus haut le second de ces âges , en prendre l'époque commençante dans les Livres sacrés ; l'Histoire du Peuple de Dieu depuis sa Sortie d'Egypte, jusques au Régne de *David* , & des plus prochains Successeurs de ce Roy, pouvant me fournir des actions assez brillantes pour y arrêter une époque ; ces actions en effet sont admirables ; les Elemens combattent contre *Pharaon* au Passage de la mer Rouge ; *Amalec* est vaincu par une force invisible , qui semble régler son secours sur le mouvement des bras de *Moïse* , ce Législateur les tenant élevées sur une Montagne, pendant que *Josué* combat dans la Plai-

ne ; la confiance dans le Toutpuiſ-
ſant donne la hardieſſe à ce même
Joſué de commander aux Aſtres de
s'arrêter ; dans d'autres occaſions
les Iſraëlites aſſurés de vaincre par
la Protection Divine vont à l'Ennemi, ou ſans armes, ou à nombre très-
inégal ; tout cela étoit autant de Mi-
racles qui rendoient l'Art inutile :
mais comme c'eſt cet Art que j'ai
en vue dans cet Ouvrage , pour
montrer comment il s'eſt formé &
accru ; que d'ailleurs on ne peut pas
trop comprendre dans le recit d'actions ſi miraculeuſes , que celles dont
je viens de parler , quelle étoit la
Tactique Hébraïque, j'ai cru mieux
faire de placer mon époque à l'Action où je l'ai miſe, qui décida
du ſort des deux plus grandes Dominations de la Terre ; & de préférer à cette action toute autre, attendu qu'elle offre tout ce qui étoit
ſçu en ce tems-la ſur l'Art de la
Guerre.

Si on avoit le Livre des Guerres

du Seigneur , cité au Chapitre 21.
des Nombres, on y apprendroit fans
doute bien des chofes fur la maniere
dont la Guerre fe faifoit dans les
tems les plus reculés.

Il faut croire que les premiers
hommes qui fe firent la Guerre, n'a-
voient que des connoiffances très-
bornées fur la maniere de fe la faire ;
ils combattoient par pelotons &
confufément. Si plufieurs Familles
ou petites Peuplades s'uniffoient enfemble pour réfifter à plufieurs autres liguées contre elles , une Armée
de tels Confédérés formoit tout au
plus différens pelotons qui combattoient au hazard , fans autre ordre
que de fe tenir ferrés les uns près des
autres , pour n'être point coupés par
l'Ennemi ; ils étoient foigneux d'a-
voir dans chaque armée un Cri , &
une Marque ou Enfeigne générale
de reconnoiffance, outre l'Enfeigne
que chaque peloton avoit en fon
particulier ; à cela fe joignoient quelques ftratagémes , plus fimples néan-

moins que ceux qui par la fuite ont fourni de matiere à *Frontin* & à *Polycien* : comme de furprendre l'Ennemi, lui dreffer des embufcades, l'attaquer avec avantage, & même la nuit, & enfin, d'effrayer cet Ennemi, en faifant paroître à fes yeux chofes à quoi il ne s'attendoit pas. *Gédeon* défait les Madianites en leur montrant fubitement des Lumiéres tenues cachées dans des pots de terre, qui ne furent caffés avec grand bruit que lorfqu'on en vint à la charge. *Samfon* brûla les Moiffons des Philiftins en attachant des Brandons allumés à la queue d'un grand nombre de Renards. Il ne faut pas croire qu'*Abraham*, en combattant contre les petits Rois, jaloux de fa profpérité, ait combattu dans un autre goût : *Et divifis fociis, irruit fuper eos nocte*, dit la Généfe, en parlant de la maniere dont s'y prit le Patriarche pour attaquer *Condorlahomor* ; mais à mefure que l'expérience vint, par les défavantages

qu'un Peuple en Guerre avoit reçus
dans une action, faute d'avoir fait
certaines manœuvres, ou avoir pris
certains arrangemens, on chercha
à remédier à cela pour une autre action ; & ainſi commença à ſe former
un Art qui auroit pu être inutile, ſi
les hommes euſſent été capables de
ſe contenir dans les bornes d'une
exacte juſtice. Comme ce qui ſe
trouve dans l'Hiſtoire Sacrée ne
fournit pas ſuffiſamment de quoi
montrer l'accroiſſement que prit
par ſucceſſion dans les premiers
tems l'Art Militaire ; & que ce
n'eſt que dans les premiers Auteurs Grecs, tels qu'*Hérodote*, &
Xénophon, qu'on commence à
voir des arrangemens méthodiques
pour des Combats ou pour des Campemens ; je me ſuis déterminé à po-
ſer à la célébre Bataille de *Thymbara*, gagnée par Cyrus, Roy des
Perſes, ſur *Créſus*, Roy des Lydiens,
le commencement du ſecond des
quatre âges, dans leſquels je me ſuis

proposé de renfermer les tems qui ont donné accroiſſement à la ſcience des Combats. *Xénophon*, aux Livres 6. & 7. de ſa *Cyropédie*, donne un aſſez ample détail de cette Bataille de Thymbara, mémorable, tant par ce qui s'y paſſa, que par ce qui en réſulta, qui fut l'établiſſement de l'Empire des Perſes ſur les débris des Royaumes d'*Aſſyrie* & de *Lydie*.

On voit qu'alors l'uſage étoit d'étendre beaucoup le front d'une Armée, de la mettre en bataille ſur une ſeule ligne, ſans laiſſer d'intervalles ſenſibles entre les Corps (que je comparerai à nos Bataillons d'à préſent) qui compoſoient cette longue ligne. L'Infantèrie occupoit le centre de la ligne, & la Cavalerie la terminoit, tant ſur la droite, que ſur la gauche ; au-devant de cette ligne formée de trente files de hauteur, ou de trente rangs de Soldats, ces rangs mis les uns ſur les autres, ſe plaçoient des Chariots de Guerre, dont les trains & les roues étoient armées de lames piquantes & tranchantes ; au derriere de la ligne étoient d'autres Chariots faits en façon de tours, sur lesquels étoient des Archers. L'usage des Chariots de Guerre étoit de commencer le combat en s'efforçant à toute course d'ouvrir l'Armée ennemie pour y porter le carnage & le dérangement, ensuite la ligne des Combattans avançoit ; on en venoit à la charge, les Soldats bien serrés dans leurs rangs, & pendant la charge les Archers qui étoient sur les Chars en tour, & qui par conséquent dominoient sur la ligne, ne cessoient de décocher des fléches sur l'Ennemi.

On voit encore par cette Bataille, qui seule peut suffire pour donner un exemple de presque toutes les manœuvres de Guerre, usitées dans le second âge de la Tactique, que sur le derriere d'une Armée qui en venoit aux mains, étoit placé le Camp de cette Armée ; que ce Camp étoit une enceinte formée par les Chariots de bagage, ce qui le fortifioit; que ce Camp dans son milieu contenoit les provisions & les personnes inutiles; qu'il restoit des Soldats pour le garder; & enfin, que quand une Armée étoit battue, le Camp qu'elle avoit au derriere d'elle, devoit lui servir de premier lieu de retraite.

Le Camp d'une Armée en bataille étoit un *Parc mobile*, qui s'avançoit à mesure que l'Armée dont il étoit couvert, alloit en avant.

Au derriere de ce Camp, étoit un corps de Troupes appellé *Réserve*, destiné, ou pour se jetter promptement dans le Camp, & en augmenter la garde en cas de besoin, ou à empêcher l'Ennemi d'approcher ce Camp par les derrieres; ou bien, la *Réserve* servoit encore à venir charger en flanc l'Armée ennemie, en se déployant subitement, d'un côté ou d'autre, du Parc qui la couvroit.

Un Corps de Réserve étoit composé de Cavaliers & de Soldats d'é-
lite. Dans l'Action de Thymbara
il y avoit à la Réserve du Camp de
Cyrus des Chameaux portant chacun deux Archers ; & l'on prétend
même que ce fut la vue & l'odeur de
ces animaux qui commença à ébranler les Cavaliers Lydiens, leurs chevaux n'étant pas accoutumés à voir
ni à sentir de tels adversaires. On
verra par la suite, que dans la Bataille que j'établirai pour Epoque du
troisiéme âge de la Tactique, qu'une
semblable terreur d'animaux contre
animaux fut ce qui décida de la réussite de cette Bataille.

L'usage des Corps de Réserve est
donc bien ancien : ce fut un semblable Corps qui , à la bataille de
Pharsale, venant subitement rafraî-
chir les Soldats de l'Armée dont ce
Corps étoit , contribua beaucoup à
la victoire que *César* remporta sur
Pompée. Les Réserves se sont con-
servés.

Pour

Pour les *Parcs mobiles* ou ambulans connus en même tems que les Réserves, l'usage s'en est perdu parmi nous, & ne se continue plus que chez les Tartares & autres Peuples Orientaux, qui ne campent & ne marchent que couverts de leurs Chariots ; ces Chariots font des maisons roulantes : plusieurs *Hordes* de Tartares unis ensemble en campant, font par le moyen de leurs Chariots un Camp qui devient une Ville ; & quand ces Tartares décampent, la Ville s'en va avec eux.

Cette façon de vivre, qui est la même que celles des Arabes & de bien d'autres Nations de l'Asie & de l'Afrique, est celle que la pure nature avoit dictée aux premiers hommes. Les *Nomades* n'ont d'autres biens que leur famille & leurs bestiaux ; ils ne sçavent ce que c'est qu'immeubles, & que propriétés de terre ; & ils n'entrent en Guerre, au sujet de ces terres, que pour se conserver l'usage de celles qu'ils habi-

B

tent : cette maniere de penfer ne les
a pas mis dans le goût des demeures
permanentes; ils n'ont point de Villes
ftables ; ils en font où ils veulent, au
moyen de leurs maifons roulantes; &
ils font difparoître ces Villes quand
ils veulent. Leur vie ambulante four-
nira toujours de l'occupation, tant
aux Géographes , qu'à ceux de nos
Sçavans qui s'attachent à la recher-
che de la pofition des Peuplades.
Les anciens Géographes & Hiftoriens ayant pofé de ces Peuples errans dans certains lieux , & leur
ayant donné des Villes, fans aver-
tir de quoi étoient ces Villes , &
quelle étoit la maniere de vivre de
ceux qui les habitoient, il ne faut
pas s'étonner fi on ne retrouve plus
aujourd'hui ni ces Villes , ni leurs
ruines dans leurs pofitions mar-
quées ; ces Villes ont en effet eu bien
d'autres de ces pofitions , depuis la
premiere qui les a fait connoître.

La manœuvre de faire fervir les
Chariots d'une Armée , à fortifier

cette Armée dans un besoin, est bonne. La meilleure ressource d'un Général habile, qui se trouvera dans l'obligation de faire route en la présence d'un Ennemi plus fort que lui, ne peut être que de se couvrir des Chariots de son Armée pendant sa marche, cela assurera ses colomnes, les garantira des inconveniens d'un harcélement continuel ; & en cas qu'il soit attaqué, il lui sera aisé de se remparer sur tous les fronts qu'il sera obligé de présenter.

Alexandre Farnèse, Duc de Parme, conduisant de Flandres vers Paris une armée d'Espagnols, marchoit, les colomnes de son Armée couvertes des deux côtés par les Chariots de bagage : il trouva sa sureté dans cette manœuvre, & ne put être attaqué par notre Roy Henri IV. qui le suivoit, dans l'intention de le combattre.

L'action de Thymbara ne regardant que les Peuples de l'Asie, passons à la maniere de combattre qu'eurent les Grecs , tant dans les tems antérieurs , que dans les postérieurs, à cette action.

Cette maniere étoit de combattre toute une armée réunie en un seul corps appellé *Phalange* : les Soldats qui composoient ce corps, y étoient extrémement pressés ; & les divisions qui y pouvoient être , ne laissoient entre elles aucuns intervalles bien marqués.

Homére , au cinquiéme livre de son *Iliade* , représente les Troupes des différentes Républiques de la Grece , qui parurent devant *Troye*, toutes rassemblées en un seul corps, les Soldats si près les uns des autres, que la jonction des boucliers formoit une défense impénétrable aux traits qui étoient lancés contre ces Soldats. Ἀσπὶς ἀρ᾽ ἀσπὶδ᾽ ἔπε δὲ κόρος κεγὺν ἀνέρα δ᾽ ἀνήρ.

Quinte-Curse , (*lib. 3.*) dit aussi que la *Phalange* des Macédoniens étoit un gros d'hommes serrés dans leurs rangs ; par ce moyen , ces

hommes , en préfentant leurs *Sa-*
riffes ou longues Piques , formoient
une barriere inacceffible : *Phalan-*
gem vocant peditum ftabile agmen ,
vir viro ; arma armis conferta funt.
On peut voir dans l'Ouvrage d'*E-*
lien fur la Milice des Grecs , & dans
Polybe , (*l.* 17.) en quoi confiftoit
la force d'une Phalange, laquelle auroit pu fe comparer à une Citadelle
mouvante.

L'effet d'une Phalange qui en venoit à la charge , devoit être terrible ; comment des Troupes dans
tels autres arrangemens qu'on les
eût pu mettre , auroient-elles pu réfifter à une multitude d'hommes mis
en maffe , laquelle maffe hériffée
dans toutes fes faces de plufieurs
rangs de Piques , tomboit fi pefamment fur ce qui lui étoit oppofé ,
que rien ne devoit être capable de
réfifter à fon choc ? S'il étoit permis d'outrer les comparaifons , on
pourroit dire qu'il ne devoit y avoir
que les montagnes qui puffent fou-

tenir l'effort d'une Phalange ; mais
aussi il lui falloit un terrein qui lui
convînt , autrement sa force auroit
diminué considérablement : un corps
aussi gros, aussi pesant , & qui ne se
partageoit point , avoit besoin d'un
vaste champ pour manœuvrer ; &
s'il se trouvoit à l'étroit ou sur un
terrein inégal , il devenoit bien
moins redoutable.

La Phalange ne se manioit pas si
aisément & sur tout terrein , ainsi
que faisoit la Légion Romaine : celle-ci divisée en petits Corps qui pouvoient combattre séparément , manœuvroit aussi bien dans un pays
coupé , que dans la plaine ; on lui
faisoit prendre différens arrangemens pour l'accommoder à la situation des lieux où il falloit passer ,
combattre ou camper, ou selon qu'il
étoit besoin de se présenter à l'ennemi , en opposition de l'arrangement que prenoit cet ennemi , ce
que la Phalange ne pouvoit faire si
aisément.

Une Phalange étoit plus ou moins nombreuse, mais on ne donnoit guéres ce nom à un corps moindre de sept à huit mille hommes.

Je n'assurerai pas si toute l'Infanterie d'une armée ne composoit qu'une seule Phalange, cela paroîtroit tel, si on s'en rapportoit à ce qui est écrit des Batailles d'Alexandre, où il n'est jamais parlé de la Phalange Macédonienne qu'au singulier, & comme d'un corps unique; le reste de l'armée de ce Conquerant ne consistoit qu'en Cavalerie, & en des Soldats appellés des *Armés à la légere*, qui mis par petites troupes, garnissoient le devant & les côtés de la Phalange.

Cependant il paroît par le recit d'autres Batailles, que quand l'Infanterie d'une armée étoit bien nombreuse, qu'on la partageoit au moins en trois Phalanges qui se mettoient sur une ligne; quand on étoit en plaine, ou en section l'une sur l'autre; quand on étoit dans un lieu étroit, ce qui formoit trois especes de lignes.

C'est de la coutume de diviser une Armée en trois grosses Phalanges, qu'est venue depuis celle de partager les Armées en trois corps principaux, dont celui du milieu s'appelle *Corps de Bataille*, & les deux autres les *Ailes*: dans une Armée où ces trois corps font placés l'un fur l'autre, celui du milieu continue de s'appeller *Corps de Bataille*, ou *Bataille* tout court; & des deux autres, celui qui est au-devant de la Bataille prend le nom d'*Avant-Garde*, & celui de derriere, qui est la queue de l'Armée, est appellée *Arriere-Garde*.

Les arrangemens différens que pouvoient prendre les Phalanges d'une Armée, avoient des noms fignificatifs à ces arrangemens; fi le centre ou Corps de bataille avançoit plus que les Ailes, & formoit par-là une figure d'angle fortant, cela s'appelloit faire l'*Embolon*, du terme

terme grec Ε'μϐολὸν, qui signifie un Eperon : si au contraire le centre se trouvoit plus reculé que les ailes, ce qui faisoit une figure d'angle rentrant, cela s'appelloit faire le *Péplegmenon*, d'un terme dérivé de celui de πλέκω. Quand plusieurs Phalanges étoient mises l'une sur l'autre pour choquer de tête, cela s'appelloit faire le *Plésion*.

A la bataille de *Mantinée*, les Arcadiens & les Lacédémoniens combattans l'un contre l'autre ; l'armée des premiers fit le Péplegmenon, c'est-à-dire, creusa ou enfonça son centre, ce qui obligea l'armée des seconds à former l'ordre opposé, & à faire l'Embolon. Les Auteurs qui ont parlé de cette bataille, d'après Pausanias, relevent beaucoup l'ordonnance gardée par les Arcadiens qui eurent la victoire : quant à moi, je ne vois pas que l'ordonnance des vainqueurs fût préférable à celle que les vaincus furent obligés de prendre pour joindre un ennemi, qui

C

par feinte plioit devant eux. Ce
qui fit le gain de cette bataille, font
de ces chofes qu'il faudroit plûtôt
attribuer au hazard des armes, qu'à
toute autre caufe. Quand il n'y a
pas de preuves convaincantes qu'un
arrangement qui a réuffi, l'ait fait,
parce qu'il étoit abfolument meilleur que l'arrangement qui lui étoit
oppofé, il ne faut point juger défini-
tivement ; j'appuie ma penfée fur ce
qui fe fit voir à la bataille de *Cannes*;
Annibal gagna celle-ci pour avoir
fait l'Embolon , qui étoit néanmoins l'ordonnance qui fit perdre
aux Lacédémoniens la bataille de
Mantinée.

Les Romains fçurent faire prendre à leurs armées les ordonnances
que je viens de décrire ; leur *Cu-*
neus ou *Roftrum* répondoit à l'Embolon & au Pléfion. L'ordonnance en Croiffant , qui eft fi fort du
goût des Turcs & des autres Orientaux , eft une efpece de *Péplégme-*
non.

Les Grecs donnoient diverses formes à leurs Phalanges : il y en avoit
de pleines dans leur centre ; d'autres
dont le centre restoit vuide pour y
pouvoir placer de la Cavalerie, des
Machines de guerre, & du bagage ;
cependant la Cavalerie se tenoit ordinairement en dehors & sur les
aîles ; d'autres Phalanges étoient
des quarrés parfaits ; d'autres présentoient un grand front & devenoient des quarrés longs sur leur
face ; d'autres au contraire étoient
des quarrés étroits sur la face présentée, & formoient des especes de
Colomnes ; & d'autres enfin prenoient des figures triangulaires,
demi-phériques, ou d'un quarré à
trois côtés, c'est-à-dire, qui re-
stoient ouvertes, ou sur le devant,
ou sur le derriere.

Depuis qu'à l'exemple des Grecs
nous avons l'usage de former, pour
une nécessité, de gros corps d'Infanterie, ce qui s'appelle *Bataillons
Quarrés* ; on a donné à ces corps

différentes formes ; on en a vu à centre plein , & d'autres à centre vuide ; & l'effet qu'ils font dans les occasions où l'on s'en est servi , prouve la grande résistance que pouvoit faire une Phalange Grecque. L'Infanterie Espagnole ne fut si difficile à vaincre à la bataille de *Rocroy* , que parce qu'elle se forma en Bataillon Quarré à centre plein ; & pour exemple moderne d'un Bataillon Quarré à centre vuide , on a celui que formerent les Suisses sous le régne de Charles IX, lequel Bataillon marcha de Meaux à Paris , contenant dans son centre le Roy & toute la Cour.

Les Egyptiens , au nombre de douze mille qui se trouverent dans l'armée de Crœsus à la bataille de Thymbara , se voyant abandonnés des Lydiens, & contraints de se battre en désespérés , se réunirent en un seul corps : ce qui étoit contraire à leur maniere ordinaire de combattre , si on en croit ceux qui prétendent que ce font ces Egyptiens qui les premiers inventerent le partage d'une armée en plufieurs corps, contraints à cela par la fituation de leur pays, qui étant entre-coupé de canaux, ne leur permettoit pas d'avoir une armée réunie en fon entier.

Les formes différentes que prenoient les Phalanges Grecques ; les faifoient diverfement nommer : celle qui préfentoit un grand front, s'appelloit *Phalangia Phalanx* ; celle qui avoit plus de profondeur ou de hauteur que de front, étoit *Phalanx Antiftomos* ; & l'*Amphiftomos* étoit celle qui faifoit face de toute part.

Une Phalange qui combattoit, avoit, comme je l'ai dit, de la Cavalerie fur fes aîles, & autour d'elle voltigeoient des petits corps de Frondeurs, de gens de Traits, & autres Soldats, aufquels l'armement moins pefant que celui des Phalangiftes, faifoit donner le nom d'*Armés à la legere* : par-là on voit que de tout tems l'ufage a été de faire foutenir les gros corps & pefamment armés, par d'autres plus petits corps. Les Romains entre les divifions de leurs Légions, mettoient des Pelotons d'Armés à la légere ; ils en mettoient auffi entre les intervalles de leurs corps de Cavalerie. La manœuvre étoit bonne, elle a été imitée par quelques-uns des plus célébres Capitaines de nos jours, comme on l'apprendra par la fuite. A ces Armés à la légere, connus des Grecs & des Romains, ont fuccédé ce qui s'eft appellé parmi nous *Enfans Perdus*, & à ceux-ci ont fuccédé les *Grenadiers*. Les Armés à la légere engageoient l'action, puis fe retiroient derriere la Phalange dont ils dépendoient, & revenoient enfuite à la charge, s'il en étoit befoin, en fe coulant le long des flancs de leur corps de réfiftance.

Je ne m'étendrai pas davantage fur la maniere de combattre des Grecs dans leur état brillant, je ferai feulement remarquer que ces

Grecs devenus fujets des Romains,
prirent la maniere de combattre de
ceux qui avoient appris d'eux beaucoup de chofes ; les écoliers à leur
tour montrerent à leurs maîtres.
C'eft de Tite-Live, (*l. 7.*) que l'on
fçait que les Romains apprirent des
Grecs à difpofer leurs Légions en
Phalange à la Macédonienne : *Et
quòd anteà Phalanges fimiles Mace-
donicis, hoc poftea manipulatim ftruc-
ta acies cœpit effe.* Il y a ici un défaut d'exactitude dans cet Hiftorien;
car quoique, felon toute apparence,
les Phalanges Grecques duffent être
fous-divifées en petits corps, il n'eft
pas certain qu'il y eût du vuide entre chacun de ces corps, quand une
Phalange étoit en bataille; telle étoit
au moins la chofe du tems de Philippe, pere d'Alexandre le Grand :
Tite-Live auroit donc dû en venir
à preuve, qu'il y avoit de ces vuides
bien diftincts dans une Phalange,
avant d'affurer que la divifion
d'une Légion Romaine par mani-

pules séparés, se fit à la ressemblance des séparations qui se trouvoient dans les Phalanges Macédoniennes. Il est cependant croyable que c'est dans la Guerre contre *Darius* que le Conquérant de l'Asie inventa de laisser des vuides considérables entre les divisions de la Phalange, ce qu'il fit, pour que ses Soldats moins serrés qu'à l'ordinaire pussent aisément s'entr'ouvrir, lorsque les Chariots de Guerre des Perses venoient à se faire jour dans quelque partie de la Phalange.

Si, en suivant le sentiment de Tite-Live, on veut que ce soit sur la Tactique des Grecs que les Romains, dès les premiers tems de leur République, ayent formé la leur, il faudra au moins convenir que ces Romains ne prirent pas d'abord tout ce que la Grece leur auroit pu fournir sur cela, & que ce ne fut qu'à la Guerre de Pyrrhus qu'ils cesserent de prendre des Grecs tout ce que ceux-ci sçavoient sur l'Art Militaire. Ce fera donc à la bataille d'*Héraclée* remportée par le Roy d'Epyre fur les Romains, l'an 473 de la fondation de Rome, que je placerai l'Epoque du troifiéme âge de la Tactique, puifque c'eft à l'occafion de cette Bataille que ceux qui la perdirent, ne laifferent pas de profiter, en apprenant des Grecs bien des chofes que ceux-ci tenoient de leurs découvertes & de celles des Orientaux : le profit que firent ces Romains, les mit en état de fe compofer une Tactique, prife de ce qu'il y avoit de meilleur dans celle des Peuples d'avant eux, fans qu'il leur en couta d'autre étude que de pratiquer, ou tout au plus de perfectionner ce que d'autres avoient inventé : ils apprirent par ce moyen à vaincre tous les autres Peuples qu'ils eurent par la fuite à combattre.

Avant de quitter le fecond âge de la Tactique, faifons quelques réflexions fur la différence de ce

qui se faisoit dans cet âge, lorsqu'il
s'agissoit de mettre une armée en
bataille, d'avec ce qui se fait présentement. On a vu qu'une armée,
quelque nombreuse qu'elle fût, étoit
rangée sur une seule ligne de trente
files de hauteur ; que cette ligne n'é-
toit coupée par aucuns intervalles
considérables ; aujourd'hui une armée se met en bataille ordinairement
sur deux lignes, quatre ou cinq rangs
de Soldats font toute l'épaisseur d'u-
ne ligne ; cette ligne est composée
de petits corps appellés *Bataillons*,
qui laissent entr'eux un espace vuide, assez grand pour contenir un
autre de ces corps, si les vuides
étoient remplis ; les deux lignes
d'une armée sont à une assez grande distance l'une de l'autre : les
Bataillons qui composent ces lignes, forment entr'eux un arrangement en Echiquier ou *Quinconce*,
c'est-à-dire, que les Bataillons de la
seconde ligne sont placés vis-à-vis
les ouvertures ou intervalles laissés

par les Bataillons de la premiere ligne ; ces ouvertures font faites pour
que chaque Bataillon puiſſe manœuvrer commodément , ſans nuire à
ceux dont il eſt flanqué , pour que la
ſeconde ligne puiſſe paſſer en avant
de la premiere , s'il en étoit beſoin,
& pour (en cas de défaite d'une premiere ligne) que les fuyards de cette
ligne puiſſent paſſer entre les intervalles des Bataillons de la ſeconde
ligne , ſans que cette ſeconde ligne
puiſſe être ébranlée.

Ces deux arrangemens d'armées
poſés , à qui donnera-t-on la préférence ? Sera-ce à l'ordre ancien, ou
ſera-ce à l'ordre moderne ?

La ligne d'une armée ancienne
étoit plus forte qu'une ligne d'à préſent , elle étoit par conſéquent plus
difficile à rompre ; mais auſſi elle
étoit ſeule & ſans ſoutien : quand
une fois elle étoit enfoncée ou coupée, elle étoit plus d'à demi vaincue :
Dans une armée d'à préſent la premiere ligne eſt plus aiſée à rompre,

mais elle a une reſſource dans la ligne qui la double, & ſon ralliement
n'eſt pas impoſſible. Je ne déciderai point qui des deux arrangemens
que je viens de décrire, mérite la
préférence ; quand on n'a pas une
entiere certitude qu'une choſe eſt
préférable à une autre, il faut ſuſ-
pendre ſon jugement, & ne pas s'en-
têter ſur une maniere de penſer particuliere que l'on peut avoir, c'eſt
aux connoiſſeurs dans la matiere
qu'on traite qu'appartiennent ces dé-
ciſions ; je leur abandonne donc
celle dont il eſt ici queſtion. Si le
Chevalier Folard en avoit agi comme moi, il n'auroit pas eſſuyé tant
de critique au ſujet de ſon Traité de
la Colomne ; ſon ſyſtême avoit du
bon, mais il l'a ſoutenu en total
avec un peu trop d'obſtination,
voulant placer des Colomnes en
toutes occaſions, ſoutenant que ces
Colomnes ſont d'une bonté préférable à tels autres arrangemens qu'on
puiſſe faire prendre à des corps d'In-

fanterie , & préférant en toutes actions un Bataillon qu aura plus de hauteur que de front , à un autre qui préfentera plus de face fur moins de hauteur , tout cela a fes contradictions ; j'entrerai par la fuite dans une difcuffion à ce fujet.

On a beaucoup varié fur le plus ou le moins d'épaiffeur des corps mis en bataille ; on a vu qu'anciennement trente rangs d'hommes étoient la hauteur d'un corps d'Infanterie , la même chofe étoit pour un corps de Cavalerie : cependant les Légions Romaines n'étoient que fur quinze rangs , & cela étoit fuffifant; on pourroit même dire qu'il n'y avoit rien de bien arrêté fur cela , puifque quand il s'agiffoit de faire des Corps Quarrés , il falloit augmenter le nombre des files pour donner à de tels corps une profondeur pareille à celle de leur front. Pour les corps de Cavalerie , on n'a pas dû long-tems garder l'ufage de leur donner autant d'épaiffeur qu'à ceux

d'Infanterie, cela étoit inutile, &
pouvoit même devenir dangereux,
le défordre étant plus aifé à fe mettre parmi des chevaux que parmi
des hommes. Les François avoient
fi bien fenti les inconveniens qui
naiffoient de trop de rangs de chevaux mis les uns fur les autres, qu'a-
bandonnant même l'ufage obfervé
depuis que la Gendarmerie fut en
vigueur (qui étoit d'efcadronner
fur trois rangs,) ils donnerent fur
cela dans l'extrémité. J'ai montré
dans mon Traité des Marques Na-
tionnales que les Efcadrons François n'étoient dans le feiziéme fiécle que fur un feul rang de chevaux,
depuis ce tems on a repris l'ordonnance ancienne, & les Efcadrons ont été fur trois rangs de hauteur ; ce qu'il y a de fingulier, c'eft
qu'au tems où nous donnions une
extenfion fi outrée à notre Cavalerie, les Efpagnols dans le même
tems formoient encore leurs Efcadrons fur quinze rangs de chevaux.

Dès le régne de Philippe-Augufte on efcadronnoit fur trois rangs : le premier étoit d'Hommes-d'Armes ou de Lanciers, & les deux autres d'Archers ; chaque Homme-d'Arme, (au moyen de l'obligation du Service Militaire à caufe de Fief, ou au moyen d'une folde,) venoit à la Guerre avec deux Archers ; par la fuite, les Lanciers ne furent plus mêlés avec les Archers ; ceux-ci efcadronnerent à part, & firent paroître ce qui s'eft appellé depuis *Cavalerie Légere* ; il n'y eut plus que le rang des Lanciers qui compofa un Efcadron chez les François : mais les Allemands continuant d'efcadronner fur trois rangs, leur Efcadron de Gendarmes fe trouva être de trois rangs de Lanciers, dont la maniere de combattre étoit finguliere : je la décrirai par la fuite.

Il a été plus aifé de fe déterminer fur la hauteur raifonnable qu'on peut donner à un Efcadron, qu'il ne le fera pour fixer la hauteur dont doit être un Bataillon. La Cavalerie n'a qu'un terrein propre pour combattre, qui eſt la Plaine ; ainſi elle a toujours un Champ de bataille uniforme : l'Infanterie n'eſt pas de même, tout terrein lui eſt propre, c'eſt celui qu'elle a à occuper qui doit déterminer ſur la formation de ſes corps ; cela étant, comment décider ſur le plus de bonté entre un Bataillon à grand front, & entre un qui a moins de front & plus de hauteur ? Je pencherois à croire qu'il faudroit, pour régle ordinaire ſur cela, s'en tenir à donner un peu plus de profondeur à un Bataillon qu'on ne lui en donne préſentement, quand le terrein n'y réſiſtera pas ; parce que dans l'action ſi on ſe trouve avoir moins beſoin d'une force de tête qui perce & faſſe jour, que d'une force d'extenſion, une évolution, aiſée à faire, diminuera la hauteur d'un Bataillon, & lui donnera plus de front, & enſuite une contre-évolution lui rendra ſa premiere hauteur

hauteur, quand la caufe de l'obligation du dévelopement aura ceffé :
ces évolutions de dévelopement &
de renvelopement peuvent fe faire
en coupant en deux un Bataillon pa-
ralléliquement à fon front, & en partageant la coupure de derriere en
deux fections égales, dont les Soldats de l'une feront à droite, & les
Soldats de l'autre feront à gauche,
pour venir étendre le front de ce Bataillon.

Quelques-uns des grands Capitaines de nos jours, tels que Maurice Prince d'Orange, & que Gu-
ftave-Adolphe, Roy de Suéde, en
rétabliffant la méthode Romaine de
ranger une armée fur deux lignes,
l'Infanterie dans le centre, la Cavalerie fur les aîles, & une Réferve en
arriere, les Bataillons en quinconce, ont toujours obfervé de mettre
ces Bataillons fur dix ou douze rangs
de hauteur. Le Vicomte de Turenne & le grand Prince de Condé
n'ont jamais combattu avec des Ba-

D

taillons fur moins de hauteur que huit rangs.

A l'égard des Corps de Réferve que j'ai montré avoir été d'ufage chez les premiers Perfes, noùs les avons encore, & nous les employons aux mêmes fins que les Anciens employoient les leurs. Et quant à la différence qu'il peut y avoir entre la maniere de camper des Anciens d'avec les Modernes, j'en ferai la comparaifon après que j'aurai décrit l'action qui fit paroître le troifiéme âge de la Tactique.

Cette action fut la bataille d'*Héraclée*; elle mérite d'autant plus d'être décrite, qu'en faifant triompher pour la derniere fois la Grece d'une Nation qui devoit bientôt foumettre fes vainqueurs, elle mit les vaincus en état de devenir redoutables à toutes les autres Nations du monde, & de n'en plus craindre aucunes.

Si je n'ai pu trouver une Epoque plus favorable que la bataille de

Thymbara pour y placer le second
âge de la Tactique, puisqu'elle est
la premiere action rangée dont l'ancienne Histoire nous ait transmis le
détail avec quelque exactitude, &
de plus, qu'elle se trouve avoir dé-
cidé du sort de deux grands Empires, mettant entiérement fin à celui
d'Assyrie, & donnant commencement à celui des Perses ; la bataille
d'Héraclée ne m'a pas paru une action moins propre à y placer mon
troisiéme âge de Tactique. L'action
d'Héraclée donne occasion à un
Peuple déja fameux de se perfectionner dans la maniere de faire la Guerre ; & loin que ce Peuple, en perdant cette bataille y trouve une di-
minution de sa puissance, il l'aug-
mente (par le moyen des réflexions
qu'il sçait faire sur sa perte) au point
de devenir peu de tems après le
maître du Monde.

La bataille d'Héraclée, en portant à l'Empire Grec un coup pres-
qu'aussi mortel que celui qui acheva

de le faire expirer, par la défaite de *Persée*, Roy de Macédoine, ne fut guéres d'une moindre conséquence pour la décision du fort de deux grands Empires, que l'avoit été la bataille de Thymbara. La Journée d'Héraclée doit être regardée comme le premier point de grandeur de l'Empire Romain, & comme le dernier de la prospérité de celui de la Grece.

Rome jusques alors n'avoit combattu que contre ses voisins, tous petits peuples, qui n'avoient pas grandes relations avec les grands Etats formés des débris de l'Empire d'Alexandre. L'art de faire la guerre ne devoit être connu que dans la Grece, & dans l'Orient; il est naturel de croire que ce qu'avoient les Romains de cet art, devoit être peu de chose; ce ne peut donc être au plûtôt qu'à la guerre de Pyrrhus qu'ils apprirent à leurs dépens bien des choses qui leur facilitérent ensuite les moyens de vaincre : Tâchons d'en donner la preuve.

Les Habitans de la Ville de *Tarente* dans la Pouille, Pays qui fait aujourd'hui portion du Royaume de Naples, s'étant attirés les Romains pour ennemis, & ne se sentant pas assez forts pour résister seuls à un Peuple qui prenoit ascendance sur ses voisins : ils firent alliance avec Pyrrhus, Roy d'Epyre, Prince que la valeur rendoit digne du sang d'Achilles, dont il étoit issu.

L'alliance faite, Pyrrhus avide de gloire, saisit avec ardeur l'occasion d'aller se signaler en Italie, espérant le faire plus heureusement qu'il n'avoit fait dans quelque contrée de la Grece; il ne tarda pas de passer en Italie: les Romains de leur côté, n'ignorant pas quel adversaire ils alloient avoir en tête, s'apprêterent à lui résister; leur armée, sous la conduite du Consul *Lævinius*, s'étant avancée jusques au Fleuve *Syris*, où elle trouva celle

des Epyrotes ; l'égale émulation
entre les deux peuples nouveaux
ennemis ne leur permit pas long-
tems de rester en présence, & ils
en vinrent aux mains. Je n'entrerai
point trop dans le détail de cette
action , elle n'est pas même de l'es-
péce de celles qui doivent être décrites avec exactitude par le bel
ordre qui y auroit été observé : au
contraire, Pyrrhus ne pensant pas
être attaqué quand il le fut , fit
ce qu'un habile Général fait dans
la nécessité; il se fit une ordonnance à la hâte la plus avantageuse qu'il
put : le Consul, Lævinius de son
côté n'observa dans sa manœuvre
que celle qu'un homme qui raison-
ne juste fera toujours, lorsqu'il aura
à passer une Riviere en la présence
d'un ennemi , qui est de chercher
un endroit guéable, qui ne soit point
gardé ; de faire passer d'abord sa
Cavalerie, pour qu'elle puisse couvrir ses gens de pied , & donner
le tems à ceux-ci de se former , à

mesure que le passage de la riviere
se fera : cette bataille ne fut donc
d'abord qu'un combat de Cavalerie à Cavalerie ; mais quand le total de l'armée Romaine , après
avoir passé le fleuve, fut en état
d'agir, Pyrrhus fit alors avancer
sa Phalange couverte d'*Elephans*.
La vue de ces monstrueux animaux,
que les Romains n'étoient point
accoutumés de combattre , commença à causer une premiere épouvante parmi les Romains, sur-tout
parmi les Cavaliers qui ne furent
plus maîtres de leurs chevaux ; Pyrrhus qui s'apperçut de ce désordre
n'eut plus besoin pour vaincre que
de faire prendre en flanc , par un
corps de Cavalerie Thessalienne,
une armée ébranlée par la crainte
& l'effroi ; & bientôt il resta maître
du champ de bataille.

Ainsi une semblable fatalité qui
avoit fait perdre à Crœsus la bataille de Thymbara par l'antipathie
des chevaux Lydiens pour les cha-

meaux Perſiens, fit de même perdre aux Romains la bataille d'Héraclée par l'épouvante que leur cauſerent les Elephans de leurs Ennemis.

Cependant, Pyrrhus vainqueur, ne tira pas grand fruit de ſa victoire, & l'expérience qu'acquirent les vaincus par cette défaite, les mit bientôt en pouvoir d'avoir leur revenche, & de ne plus craindre pour la ſuite, ce qui avoit été la principale cauſe de leur déroute. Les ſtratagêmes de guerre qui ſont mis en uſage pour la première fois réuſſiſſent aſſez communément ; mais il n'en eſt pas de même pour une ſeconde, s'ils ne ſont excellens.

Les Romains, après la Journée d'Héraclée, en eurent encore deux autres à ſoutenir contre Pyrrhus, qui furent celles d'*Aſcoli* & de *Benevent ;* ils ſçurent dans la première des deux ſoutenir l'effort des Elephans, & par-là laiſſer la victoire indéciſe; & dans la ſeconde faire tourner l'effort de ces animaux contre leurs

leurs maîtres ; au moyen des pré-
cautions qu'ils prirent pour cela,
dont je vais parler, & le réſultat de
la Journée de Bénévent (où les Romains eurent tout l'avantage) fut
que le Camp de Pyrrhus ayant été
emporté, les Romains, par l'examen qu'ils eurent le loiſir de faire
de la conſtruction de ce Camp,
apprirent bien des choſes ſur la
Caſtrametation qu'ils avoient igno-
rées juſques alors.

Les trois guerres que Rome ſou-
tint avec vigueur contre *Carthage*,
après celle de Tarente, ſont la preuve
de l'expérience qu'elle avoit acquiſe
à ſes dépens, & à ceux de Pyrrhus.
Si elle ne fut pas heureuſe dans la
ſeconde de ces guerres, par l'aſcen-
dant qu'*Annibal* ſçut prendre ſur
ſes Généraux, elle en fut bien dé-
dommagée dans la troiſiéme; & tout
ce qui ſe paſſa dans ces guerres,
montrent évidemment que dès-lors
la ſcience militaire étoit à un point
de perfection qui n'auroit pu être

E

porté plus loin, fans l'invention des armes à feu, qui a fait trouver des chofes qu'on a cru convenables à la défenfe contre ces armes.

On fçait que les armées Romaines étoient compofées de gros corps d'Infanterie, appellés *Légions*, qui auroient pu en quelque maniére fe comparer aux Phalanges des Grecs, ces deux corps étant à peu près égaux dans le nombre d'hommes. J'ai montré qu'il y avoit des Phalanges de fept à huit mille hommes, & la Légion Romaine alla prefque jufques à ce nombre. La différence confiftoit en ce que la Phalange ne paroiffoit former qu'un feul Corps très-ferré ; au lieu que la Légion étoit divifée en plufieurs Corps féparés les uns des autres, par des intervalles capables de contenir un autre Corps, fi on eût voulu les remplir.

Ces intervalles n'étoient pas fi confidérables avant la guerre de Pyrrhus ; on ne les augmenta que dans la nécessité de résister aux Elephans. Elles ne firent pas même d'abord paroître l'ordonnance en Quinconce, mais seulement celle *en Colomne*, qui fut le *Cuneus* dont j'ai parlé. Cette ordonnance consistoit à ranger plusieurs Manipules ou Cohortes (car les divisions des Légions eurent successivement ces noms) les uns sur les autres, ce qui faisoit une Colomne ; & entre cette Colomne, & une autre semblable qui l'accostoit, se laissoit un intervalle, en façon d'allée, dont l'issue sur le derriére n'étoit point fermée par un Corps comme dans l'ordonnance en Quinconce. Ces allées étoient faites pour y faire écouler les Elephans qui y étant une fois engagés, traversoient l'armée sans y causer de dérangement. La manœuvre des Romains pour obliger les Elephans de leurs Ennemis d'enfiler les allées des Légions, étoit de détacher des hommes Armés à la légere, qui tâchoient de gagner la croupe de ces animaux, & s'ils en venoient à bout, ils les forçoient, malgré leurs Conducteurs de passer par les allées sans endommager les Colomnes ; c'est-là la manœuvre qui se fit à la bataille de *Zama*, où Scipion défit Annibal.

Mais quand les Romains n'eurent plus à combattre contre des Elephans, les intervalles par eux inventés leur parurent si avantageux pour empêcher qu'un Corps particulier étant défait, ne fût la cause de la défaite d'un autre, en retombant sur lui, qu'ils les conservérent : tout ce qu'ils firent pour qu'ils ne laissassent pas des vuides si apparens que dans l'ordre en Colomne, lequel ordre constamment gardé auroit pu faire retomber dans l'inconvénient qu'on vouloit éviter, qui étoit d'empêcher qu'un Corps défait n'en défît un autre, ce qui pouvoit arriver à une Colomne dont les sections pouvoient se renverser les unes sur les autres;

re : les Ifraëlites, en traverſant les Déſerts d'Arabie pour arriver à la Terre promiſe, ſe fermoient dans leurs campemens ; ils appelloient ces retranchemens *Matzor* ou *Mitbe-zar.*

Dieu voulant punir ſon Peuple de s'être fait un Veau-d'or, ordonna à Moyſe d'aſſembler des Lévites, & de leur dire : *Ponat vir gladium ſuper femur ſuum : ite, & redite de porta uſque ad portam per medium Caſtrorum, & occidat unuſquiſque fratrem, & amicum, & proximum ſuum* (Exode. C. 32.) on a, par ce paſſage, la preuve que le Peuple dont eſt queſtion, campoit dans un Camp fermé.

Les Grecs environnoient leurs Camps d'un foſſé ou tranchée nommée ὀρύγμα. Homére, dans ſon Iliade, parle du Camp qui fut formé devant Troye : & il eût mérité d'être admiré, ſi on eût apporté autant de ſoin de le rendre auſſi beau par ſes Fortifications qu'on en eut à dreſser le superbe Pavillon d'Achilles, qui, selon la description qu'en fait le Poëte, ne devoit pas être un des moindres ornemens de ce Camp. Ce Pavillon étoit un vaste Salon environné par le dedans d'une colomnade; & la porte, pour répondre à l'Edifice, étoit si grande & si pesante que le Roy *Priam* n'auroit pu parvenir à la faire tourner sur ses gonds, sans l'assistance d'un Dieu, lorsque la piété & la tendresse paternelle obligea cet infortuné Vieillard à venir reclamer le corps de son fils Hector.

Les Romains fortifioient aussi leurs Camps; mais ils n'excellérent sur cela que depuis la guerre de Pyrrhus, & que maîtres du Camp de ce Roy, après la bataille de Benevent, ils eurent eu le tems d'examiner les travaux des Grecs, & de faire des réflexions sur cela. Je n'entrerai point dans une description parfaite d'un Camp Romain; le sixiéme livre de Polybe offre as-

E iv

fez de quoi inftruire fur cela : je ferai feulement remarquer que depuis les guerres Puniques , qui fuivirent celle de Tarente , on leur vit des Camps perfectionnés de tant de travaux , qu'ils n'avoient pas avant , qu'on ne put s'empêcher de convenir que c'étoit des Grecs qu'ils devoient tenir ces perfections. Paffons préfentement à quelques réflexions fur la différence qu'il y a entre la maniere ancienne de camper , & la maniere préfente.

Les Camps des Romains étoient des efpeces de forterefles ftables ; ce n'étoient plus de ces Camps mobiles , de ces Retranchemens formés avec des chariots , que j'ai montré avoir été d'ufage au commencement du fecond âge de la Tactique ; une Armée Romaine avoit un Camp d'une ftructure des plus folides ; elle ne combattoit qu'audevant de ce Camp , & en cas de defavantage elle trouvoit en lui une retraite capable de la mettre en état de foutenir un second combat. Une armée combattoit toujours, pour ainsi dire, sous le Canon d'une Citadelle; & le Soldat Romain étoit si laborieux qu'il ne négligeoit pas, à chaque campement qu'il faisoit, de se former une nouvelle Citadelle. J'ai montré dans ma dissertation sur les Pavillons de guerre, que ces Romains avoient des Camps d'Hiver, & des Camps d'Eté : les premiers étant faits pour servir tant qu'un Pays étoit à conquerir, se construisoient d'une solidité parfaite; les fortifications en étoient de pierres, & de bois ; les tentes de dedans étoient de cette derniere matiere ; & j'ai même montré dans l'ouvrage que je cite, que la bonté de ces Camps, & le long espace de tems qu'ils étoient habités, avoit changé en Villes quelques-uns d'entr'eux.

Pour les Camps d'Eté, ceux-ci faits, pour ne servir que peu de jours, & que tant que l'on étoit en présence, ou voisin de l'Ennemi, étoient moins folides : un foffé de terre palliffadé, quand on pouvoit avoir du bois à commodité, en faifoit la force ; & les Tentes du dedans n'étoient que de feutre, ou de cuirs ; enfin, on étoit tellement perfuadé que la fûreté d'une armée dépendoit de la fermeture de fon Camp, que les Soldats n'auroient pas pofé les armes pour paffer une nuit fur un terrein fans le clorre de retranchemens : une conduite fi fage & fi prudente, qui fait que l'hiftoire ne nous offre que peu d'exemples d'Armées Romaines forcées dans leurs Campemens, auroit dû être fuivie par les Peuples de réputation qui ont paru depuis ces Romains ; cela n'eft point arrivé. Les François accoutumés dans la Germanie, Pays de leur premiere demeure, à ne fe fervir pour la fûreté d'un Campement, que de ce qu'offroit le lieu où ils fe trouvoient (comme des arbres dont ils fe faifoient des retranchemens en abattis) étant

venus dans les Gaules , ils ne prirent
pas plus des ufages des Romains,
fur l'art de camper, que fur la maniere de s'armer , & de s'arranger
pour combattre. Les autres Nations
deftructives de l'Empire de Rome ,
en agirent de même ; ainfi peu à peu
la maniére de camper à la Romaine
fut négligée, & prefque abandonnée:
On voit qu'*Attilla* Roy de Huns ,
ayant été défait dans les champs Ca-
taloniens aima mieux fe retrancher
avec les Cadavres de fon Armée ,
que par un foffé de terre.

Nous n'avons donc pas fuivi dès
le commencement de notre Monarchie l'exemple des Romains dans la
formation des Camps; & la Gaule ne
fournilfant plus des bois à foifon ,
comme la Germanie , pour fe retrancher en abattis , nous n'eûmes pas
de peine à perdre totalement l'ufage de camper en Champ fermé.

Je ne crois pas qu'on penfe que
nous avons eu raifon d'en agir ainfi ; il n'eft guére poffible que des

grandes Gardes, & des Gardes avancées, ce qui depuis long-tems fait toute la fûreté d'une de nos armées cam-
pées en champ ouvert , foient chofes
fuffifantes pour garantir de furprife;
toutes ces Gardes fatiguent beaucoup
les Troupes par un fervice pénible
qui deviendroit prefque inutile, fi
un Ennemi tentoit de venir fondre
fubitement fur une armée fi peu clo-
fe. Nous avons déja éprouvé dans
différentes occafions , entre autres,
aux batailles de S. Denis en Hay-
nault de l'an 1678. & de Stinker-
que de l'an 1692. combien des
troupes logées fans retranchement
font aifées à furprendre ; car quand
ces Gardes avancées , fur lefquelles
on établit la fûreté d'un Campement ouvert, font attaquées, & con-
traintes de fe retirer, l'alerte qu'elles
portent dans les Armées qu'elles
veillent, eft plus propre à infpirer
la terreur & l'effroi dans le cœur du
Soldat, qu'à réveiller fon courage.

Une Armée logée en rafe Cam-

pagne, a plus de difficulté de subsi-
ster que si elle étoit retranchée; comment ose-t-on, n'étant pas dans un
Camp fermé, hazarder de faire de
grands fourrages, tels que ceux qui
se font quelquefois, & qui s'appellent Fourrages généraux.

Dans ces sortes de fourrages les
deux tiers d'une Armée sont occupés, tant à former la chaine, qui
couvre les fourrageurs, qu'à fourra-
ger : ce qui reste au Camp d'une
telle Armée pendant un fourrage
général, est si affoibli, que si un Ennemi venoit alors tomber dessus,
soit en arrivant par le côté opposé
à celui où sont les fourrageurs, ou
soit en coupant la chaine du fourrage, & en l'empêchant de regagner
le Camp, il est certain que cette
Armée seroit très-aisée à battre :
peut être entrera t-on en considéra-
tion sur ce que je dis.

Si l'on vouloit rétablir l'usage de
se fortifier dans les Camps, l'arrangement que j'ai proposé dans ma

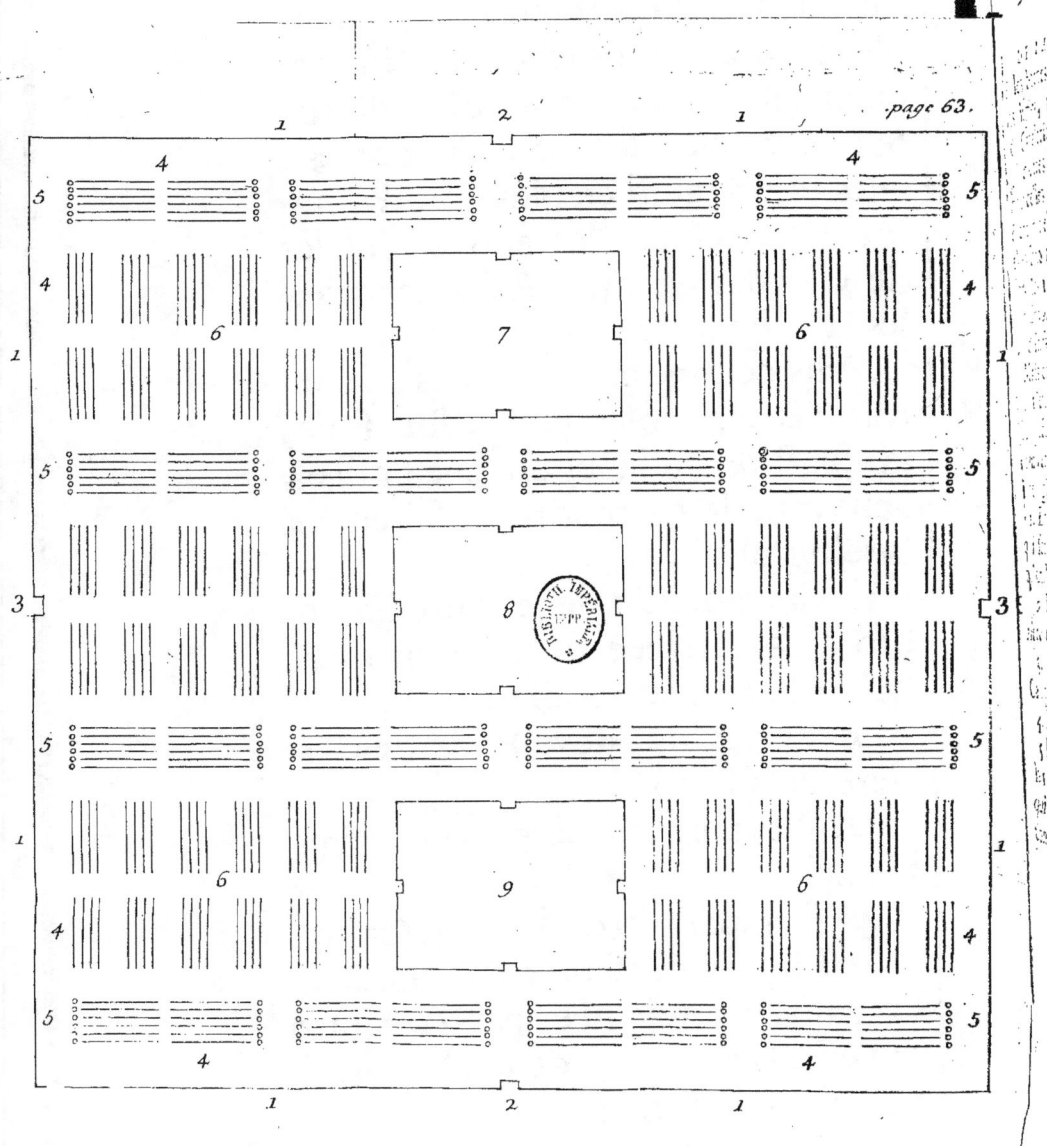

& les bornes de son étendue) que les lignes, tant d'Infanterie que de Cavalerie qui y seront, y soient plus courtes que ne le sont ordinairement celles d'un front de bandiére ; & comme elles seront plus courtes, elles seront aussi en plus grand nombre les unes sur les autres ; celles de Cavalerie entre-mêlées dans celles d'Infanterie.

Mais comme ce que je dis, pourroit n'être pas bien compréhensible, l'inspection de la figure que j'offre, achevera de me rendre parfaitement intelligible.

1. Enceinte du dehors du Camp, qui sera fortifiée de telle maniere qu'on le jugera nécessaire.

2. Portes de devant & de derriere du Camp.

3. Portes des côtés du même Camp.

4. Rempart du dedans du Camp.

5 Lignes d'Infanterie rangées de la maniere présentée par la figure qui est à la page 54. de ma Dissertation sur les Tentes.

6. Lignes de Cavalerie qui font face aux côtés du Camp.

7. Place Prétoriale, autrement quartier du Roy.

8. Grande place d'Armes où se feront les revues, & où le Parc d'artillerie pourra se mettre, quand les Canons ne seront point sur le Rempart du Camp.

9. Place Vivandiere, où seront les Tentes des Marchands, suivans l'Armée.

On doit se souvenir par ce que j'ai dit plus haut, que depuis les Guerres que les Romains soutinrent contre Pyrrhus & Annibal, ils eurent la coutume de faire combattre leurs Légions par corps séparés ; ils mettoient sur trois Lignes les dix Manipules ou Cohortes dont étoit ordinairement composée une Légion ; quatre Cohortes faisoient la premiere de ces Lignes, & les six autres faisoient les deux autres Lignes. Ces Corps se plaçoient de deux façons, ou en colomne, trois ou quatre les uns

uns fur les autres , ce qui étoit le
Cuneus , comme je l'ai déja dit ; ou
bien en Quinconce qui étoit l'arrangement le plus ordinaire.

L'Infanterie Romaine étoit compofée de trois fortes de Soldats qui
tiroient leurs noms de la différente
maniere dont ils étoient armés : les
premiers, étoient les *Haftaires* ; les feconds, les *Princes* ; & les troifiémes les
Triaires. Les Commentateurs modernes de l'Hiftoire Romaine prétendent que des trois Lignes fur
lefquelles fe rangeoit une Légion,
les Corps de la premiere étoient tous
de Haftaires ; ceux de la feconde ,
tous de Princes ; & ceux de la troifiéme , tous de Triaires , & qu'ainfi
une Cohorte ne contenoit qu'une
efpéce de Soldat : Moi, je penfe tout
le contraire ; & il eft plus naturel de
croire que des 15 Rangs de hauteur
que chaque Corps avoit, 5. étoient de
chaque efpéce de Soldats , & qu'une
Cohorte formoit trois Sections, ou
Manches. Les Soldats de chaque

F

Section différemment armés : & cela
pour se prêter un mutuel secours , à
peu prèscomme dans nos Bataillons,
quand il y avoit des Piquiers , que
chacun de ces Bataillons contenoit
un tiers de Piquiers, & deux tiers de
Mousquetaires : on n'a l usage d'armer différemment les Soldats , que
parce que chaque arme a son fort &
son foible suivant les occasions ; &
que ce n'est qu'en les mêlant ensemble qu'il en résulte un bon tout; & les
Romains en triant leurs Soldats, pour
faire des Corps qui ne fussent armés
que d'une même arme , auroient tiré
aussi peu de Service de chacun de ces
Corps, que si nous avions eu des Bataillons tout de Piquiers , & des Bataillons tout de Mousquetaires ; au
lieu qu'un Bataillon mêlé des uns &
des autres , faisoit merveille. Chez
nous la Manche des Piques d'un Bataillon faisoit différentes Evolutions;
tantôt elle se trouvoit toute entiere
dans le centre , & flanquée par les
deux Manches de Fusiliers ; tantôt

on la partageoit sur les ailes du Bataillon, & tantôt on l'étendoit en
front pour fraiser ce Bataillon sur le
devant. Les Manches d'une Cohorte devoient manœuvrer de même.

Les Romains avoient donc de
semblables Evolutions ; ils changeoient aussi quelquefois une Légion
en Phalange, en réunissant ensemble
toutes les Manipules, cela se voit par
les Commentaires de César : alors
leurs Hastaires ou Piquiers étoient
mis de façon à pouvoir fraiser la
Phalange dans toutes les faces, pour
faciliter les deux autres espéces de
Soldats ; les uns à armes de Jet, &
les autres à armes de Tailles, à se
placer d'une maniere convenable à
leur Exercice : sans l'arrangement
que je suppose, qui est la distri-
bution des trois sortes de Soldats,
(connus chez les Romains) dans
un même Corps, on ne comprendra rien au *Triplici acie in fronte*,
dont il est parlé dans Frontin.

J'ai promis au commencement de

cet Ouvrage de dire la raison que
j'avois d'allonger si fort le troisiéme âge de ma Tactique, en l'éten-
dant depuis la bataille d'Héraclée,
jusques au quatorziéme siécle de
notre Ere ; attendu que le tems de
l'invasion des Peuples du Nord,
(ce qui mit fin à l'Empire de Rome, & donna origine à notre Monarchie dans le cinquiéme siécle)
paroissoit être un événement assez
brillant, pour mériter qu'on y pla-
çât une Epoque. Je m'acquitterai de
ma promesse en avouant que la façon de faire la Guerre de tous ces
Peuples du Nord, & même des premiers François, ne m'a rien offert
d'assez sçavant, ni d'assez intéres-
sant, pour mériter que je déran-
geasse le plan que je me suis fait: cette
invasion fit bien changer la face de
la Tactique Romaine, mais ne lui
procura rien pour sa perfection ; au
contraire elle fit éclipser la plus
grande partie de ce que cette Tactique Romaine avoit de meilleur &
de plus sçavant.

La valeur naturelle des Germains &
des Gaulois, lorsqu'ils commencerent à mesurer leurs armes avec les
Romains, sçut, sans le secours de
l'Art, faire acheter la victoire à ces
derniers, & ensuite ces Germains
vaincus, mieux instruits, sçurent à
leur tour se soumettre leurs vainqueurs, en s'emparant des Gaules.

On a beau vanter les victoires
de *César* dans les Gaules, celles de
Tibére, & de *Germanicus* dans l'Al-
lemagne, je soutiendrai qu'il fut
moins difficile à ces Conquérans,
qui avoient des troupes bien dis-
ciplinées, de vaincre des gens qui,
quoique braves, combattoient mal
armés & sans ordre; qu'il ne le fut
à Alexandre de vaincre les Perses.
Les Perses depuis Cyrus avoient été
instruits dans l'Art Militaire; ils
avoient souvent mis cet Art en pratique contre les Grecs; ils ne pouvoient pas au tems d'Alexandre être
retombés sur cela dans la même ig-
norance, où l'on peut supposer

qu'étoient les Germains & les Gaulois, lorsque les Romains les attaquerent : ainsi on peut penser que les
chefs des Conquérans des Nations
du Nord , doivent autant leur réputation au peu d'expérience de ceux
qu'ils soumirent, qu'à leur habileté
personnelle ; les vaincus étant en valeur égale à leurs vainqueurs.

Les François qui conquirent les
Gaules, n'eurent d'abord, & étant
dans la Germanie, d'autre maniere de se former pour une bataille,
qu'en espece de Phalange; c'est l'ordre qui se présente le plus naturellement à l'esprit de gens qui ont à
combattre, pour la premiere fois,
un Ennemi plus puissant qu'eux ; de
semblables gens se défieroient , en
pareil cas , de toutes les feintes &
ruses qui se pratiquent dans la petite Guerre, & s'en tiendroient à
se tenir bien ramassés ensemble pour
avoir une force suffisante, & d'attaque, & de résistance.

Ce que dit Tite Live sur la Tactique Gauloife, en parlant de l'Armée de Brennus, eft peu de chofe: *Adeò non fortunæ modò, fed ratio etiam cum Barbaris ftabat, in altera acie nihil fimile Romanis, non apud Duces, non apud Milites erat.* Les Germains devoient faire la Guerre de la même maniere que les Gaulois, & ces deux Peuples étoient affez mal armés.

Les François, pour toutes armes, avoient en deffenfives, une vefte de cuir, & un bouclier de bois; & en offenfives, la hache à deux tranchans, & n'avoient aucunes armes de Jet. Germanicus (felon Tacite) prêt d'en venir aux mains contre *Arminius*, harangue fes Soldats, & leur dit, que leurs Ennemis ne pourront que difficilement manier leurs longues Piques parmi des haliers, & des arbres abattus; qu'ils font nud tête, qu'il n'y a qu'à les fraper au vifage; qu'ils n'ont point de Cuiraffes, mais feulement des Boucliers de bois, & que la plûpart d'entre eux n'ont que des bâtons brûlés pour armes ; si on ajoute à cela que les François n'avoient point de Cavaliers parmi eux, ainsi que le dit le même Tacite ; & Agathias dans son Livre second, on conviendra bientôt que les Victoires remportées, par les Généraux Romains que j'ai nommés, sur des Peuples aussi mal armés, que mal disciplinés, ne méritoient pas d'être tant vantées ; & que si les François à leur tour vainquirent les Romains, ils ne dûrent leur triomphe qu'à leur seule valeur, & non à leur sçavoir sur le fait de la Guerre. Si les Germains & les Gaulois étoient braves, ils l'étoient avec équité : les Romains leur rendoient ce témoignage, en disant d'eux qu'ils combattoient moins pour la gloire que pour défendre leur vie. *Cum Gallis pro salute, non pro gloria certari.* (Salluste sur la fin de Jugur.)

Ce qu'il y eut d'étonnant dans la conduite que tinrent les François

après

après qu'ils furent établis dans les Gaules ; c'est qu'ils négligérent de prendre dans la Tactique Romaine tout ce qu'ils en auroient pu prendre : de dire qu'ils n'en prirent rien du tout, ce seroit trop avancer ; mais enfin, de ce qu'ils sçavoient d'origine, & de ce qu'ils apprirent du Peuple qu'ils avoient vaincu, ils ne se firent qu'une Tactique assez embrouillée sans principes généraux, comme on le reconnoîtra par le recit que je vais faire de certaines Batailles, & telle enfin qu'elle ne m'a pas semblé pouvoir fournir à une nouvelle époque de progrès pour la science Militaire ; puisque nonobstant la conservation qu'en firent ceux qui se l'étoient faite, elle n'empêchoit pas en bien des occasions la Tactique Romaine de regner sur elle, quand ces occasions se présentoient à gens qui sçavoient faire la guerre.

Ainsi l'arrivée des François dans les Gaules, de même que celle des

G

Gots en Efpagne, des Lombards
en Italie, & de bien d'autres Peuples de réputation, qui, au cinquiéme fiécle, formérent des dominations confidérables, ne pouvant
fournir une nouvelle Epoque pour
l'Art de faire la Guerre dans un autre goût, & plus fçavamment que
ne la faifoient les Romains, je paffe-
rai tout d'un coup au tems où je me
fuis propofé de placer le quatriéme
âge de cet Art ; & ce fera à la bataille de *Creffy* ou Créci, donnée
entre les François & les Anglois
l'an 1346. que je placerai, pour le
faire durer jufques à préfent.

J'aurois pu defcendre ce quatriéme âge jufqu'à la bataille de Poitiers, donnée entre les deux mêmes
Nations en l'an 1356. & même jufques au tems où le Roy Charles VII.
par le grand changement qu'il fit
dans la Milice de fon Royaume,
(en créant des Compagnies d'ordonnances appointées, pour remplacer la Milice des Fieffés, & celle

des Francs - Archers , dont il ne vouloit plus se servir ,) sembla vouloir changer la maniere de faire la Guerre , usitée jusques alors ; néanmoins j'ai préféré de poser ce changement d'âge de Tactique à la Bataille de Créci par les raisons suivantes.

1°. Cette bataille de Créci ne fut pas moins funeste à la France , qui y vit périr l'élite de sa Noblesse , que celle de Poitiers , où son Roy Jean fut fait prisonnier.

2°. Ce fut à Créci que l'on fit usage pour la premiere fois de la Poudre à Canon.

L'invention de cette Poudre ayant mis les Guerriers dans l'obligation de changer bien des choses dans leur façon de combattre : De ces raisons il en résulte que ce fut plûtôt cette invention qui mit le Roy Charles VII. dans la nécessité de changer la face de sa Milice , plûtôt que celle d'avoir une Gendarmerie plus docile , & dont il fut plus

G ij

le Maître de tirer service en toute
occasion, qu'il ne l'étoit des deux
Milices qu'il cessa d'employer, puisque c'est à l'invention des seules
armes à feu qu'il faut attribuer le
grand changement qui se fit au
quatorziéme siécle, tant dans la Milice, que dans la maniere de faire
la Guerre ; je ne pouvois donc pas
trouver une Epoque plus favorable
pour placer mon quatriéme âge de
Tactique, qu'à l'action où ces armes parurent pour la premiere fois.

Ainsi de même que la bataille de
Thymbara offre le plus ancien ordre de combattre, que celle d'Héraclée apprend le tems où on a le
mieux arrangé, & fait camper une
Armée, ce qu'offrit celle de Créci,
fit bientôt prendre à toutes les Nations de l'Europe de nouveaux arrangemens convenables à la nouvelle maniere de se faire la Guerre,
que l'invention des armes à feu ne
pouvoit pas manquer d'introduire; il
fallut d'autres armes défensives que

celles que l'on avoit eues jufques-là pour réfifter au Moufquet : Il fallut plus que jamais obferver de laiffer des intervalles entre les lignes d'une Armée, & entre les Corps particuliers qui compofoient ces lignes, pour remédier un peu au ravage du Canon, & éviter l'enfilade meurtriére qu'auroit fait ce Canon dans des Corps ferrés qui fe feroient trouvés contigus fans les intervalles.

Par rapport aux Fortifications, il fallut auffi abandonner les Tours, & les hautes Murailles point terraffées, & bien découvertes, qui fervoient de défenfes aux Villes, pour ne plus faire que des Murailles enfoncées, & bien terrées, qui puffent être dérobées à la vue, & à l'effet du Canon.

Il auroit fallu auffi fe terrer dans les Camps ; mais comme l'on crut fauffement, que quelque précaution que l'on pût prendre, des retranchemens de terre ne feroient pas un

G iij

grand préservatif contre la violence du Canon; on acheva d'abandonner l'usage de se retrancher, & l'on crut mettre une Armée suffisamment en sureté en la couvrant d'une nombreuse Artillerie; l'abandon des retranchemens pour les campemens ordinaires, fut d'autant plus aisé à se faire, que les Européens modernes n'avoient guére eu l'usage de se fortifier dans ces occasions aussi solidement que les Romains : J'ai déja dit que les premiers François venans de la Germanie, (Pays si rempli de Forêts, que Tacite le regardoit comme affreux, *Horrida sylvis*) apportérent avec eux l'usage de se retrancher avec des arbres abattus; mais étant dans les Gaules, ne trouvant plus de bois à discrétion, comme ils y en auroient trouvé au tems de César, & n'ayant pas appris des Romains à se fortifier; ils négligerent beaucoup cette partie de la Tactique; de façon que quand l'invention des armes à

feu obligea ces François de rechan-
ger beaucoup de chofes à leur maniere de faire la guerre, accoutumés qu'ils étoient depuis long-tems
à n'avoir pas fouvent des Camps
retranchés ; & quand ils en avoient
par hazard, de n'employer pour
cela que de foibles retranchemens,
ils n'eurent pas de peine à les laiffer entiérement, quand ils ne les
crurent plus capables de les mettre
à l'abri du Canon ; & à la place
d'un foffé de terre ; ils confiérent la
fureté de leur Camp à ces Grandes
Gardes, & à ces Gardes avancées
dont j'ai déja parlé.

On ne s'avifera peut-être pas de
m'objecter que les lignes que l'on
fait, quand on veut couvrir un
Pays, & qui contiennent une Armée
dans le befoin, peuvent être regardées comme des Camps retranchés :
Je ne répondrois à cette objection
qu'en blâmant l'ufage de ces lignes ; l'étendue dont elles font, eft
plus capable d'affoiblir une Armée,

que de la fortifier; l'expérience a fait voir qu'une Armée qui attend l'Ennemi dans des lignes, est presque toujours battue ; elle y est trop étendue pour pouvoir résister à une force de tête qui l'attaque, & les Soldats qui sentent la foiblesse de leur ordonnance, perdent courage derriere un tel retranchement.

Il n'en est pas de même d'un Camp fortifié, dont toutes les forces du dedans sont rassemblées, & qui ne peut être emporté que par une espece de Siége : Un Pays seroit plus sûrement couvert, quand il ne l'est pas par des Villes fortes un peu près les unes des autres, par un Camp fortifié, que par une Ligne. Ce Camp placé le plus avantageusement que faire se pourroit, & le plus au milieu de la Frontiere qu'il faudroit couvrir, mettroit à portée une médiocre Armée qui l'occuperoit, de tenir l'Ennemi en échec, sans craindre d'être aussi aisément forcé que dans une Ligne;

Il ne faudroit pas craindre que l'Ennemi laifsât ce Camp derriere lui.

Le Camp fortifié ferviroit beaucoup encore, lorfqu'on s'eft avancé dans un Pays Ennemi, fans y être maître des Places fortes ; par fon moyen, on pourroit hiverner dans ce Pays, pour être plus à portée la Campagne fuivante de poufser fa conquête ; en attendant, on tireroit aifément les contributions : l'Ennemi vous voyant logé au milieu de lui, n'attendroit pas la contrainte forcée pour les payer : fans Camp retranché, quand l'hiver approche, il faut abandonner une Conquête qui ne confifte qu'en plat Pays, & l'année fuivante, loin de pouvoir continuer d'avancer, & d'être en état d'aller porter plus avant un fecond Camp retranché, vous n'êtes occupé qu'à reprendre ce que vous avez abandonné : heureux, fi alors on trouve l'Ennemi affez docile pour ne pas réfifter à vos defseins.

Je crois que l'on penſera aſſez que
je n'admets l'utilité du Camp fortifié & avancé dans le Pays Ennemi, qu'autant qu'il ſera aiſé d'en
aſſurer la communication avec quelque Ville forte de la Frontiere, ſoit
au moyen d'une riviere, ou de
quelque ſituation de Pays favorable
à établir des Poſtes, qui ſe commu-
niquant les uns les autres, entre-
tiendront la correſpondance entre
le Camp & la Ville.

Notre peu de goût pour les Fortifications de Campagne, me diſ-
penſera de faire un long diſcours
ſur l'utilité dont étoient les Camps
Romains, & ce que je vais dire
n'eſt que pour mieux faire ſentir que
de tels Camps, s'ils étoient préſentement d'uſage, feroient bien plus
propres à aſſurer une Frontiere contre une invaſion, que les Lignes
dont on ſe ſert pour cela.

J'ai déja dit que les Romains
avoient des Camps d'Hiver & des
Camps d'Eté; quand une Armée

de ce Peuple entroit dans un Pays pour le conquerir, (comme cette Conquête pouvoit être l'ouvrage de plufieurs Campagnes) le Géneral qui commandoit, après avoir pénétré un peu dans le Pays, conftruifoit un Camp pour lui fervir de retraite à tout événement, & y retirer fon Armée, quand la faifon d'agir étoit paffée; il choififfoit pour l'affiette de ce Camp, un lieu avantageux à fortifier, un lieu qui le pût mettre tout à la fois, & en état de regagner fa Frontiere, fi le fort des Armes lui étoit contraire; & à portée d'entrer plus avant dans le Pays, s'il avoit de l'avantage, le falut d'une Armée & la réuffite d'une entreprife dépendoit donc en partie de ce Camp; il ne faut pas s'étonner fi le Général prenoit tant de foin de le fortifier : L'Armée y demeuroit fouvent les Hivers de plufieurs années; en ce cas il n'étoit point détruit au renouvellement de la Campagne, en le quittant pour n'y revenir de six mois : on y laissoit une Garnison, & il devenoit le magazin des vivres, & des gros attirails de Guerre tant que duroit la Campagne. La construction de ces Camps d'Hiver se trouvoit si solide, tant pour les Fortifications du dehors que pour les logemens du dedans, que cela a fait que plusieurs d'entre eux sont devenus par la suite des Villes ; car après la Conquête du Pays, qui avoit occasionné la construction d'un de ces Camps, les Soldats vétérans continuoient de l'habiter, ils s'y marioient & ils y formoient une Colonie stable.

Les Camps d'Eté étoient aussi des lieux de sureté ; & les Romains étoient tellement habitués à se fortifier dans les endroits où ils campoient, qu'ils n'auroient pas passé une seule nuit sans retranchement.

On ne peut sans admiration penser à la prévoyance & à la vigilance dont étoit le Soldat Romain ; on ne conçoit qu'à peine, comment un tel homme pouvoit réſiſter vingt années, qui étoient le terme du Service, aux fatigues d'un tel métier ; nos Soldats d'à préſent ſont des mignons, & des avortons en comparaiſon de la vigueur que requeroit anciennement la profeſſion Militaire. Un Soldat Romain après avoir marché toute une journée, chargé d'armes offenſives & défenſives très-péſantes, de ſon bagage, & des proviſions dont on l'obligeoit de ſe charger pour pluſieurs jours, arrivé qu'il étoit, dans le lieu deſtiné à paſſer la nuit, il travailloit encore à ſe fortifier dans ce lieu, & il ne prenoit du repos que quand le travail qui lui étoit ordonné, étoit fait ; le lendemain il recommençoit la même manœuvre, & la continuoit ſouvent pluſieurs jours de ſuite.

La Campagne finie & l'Armée rentrée dans ſon Camp d'Hiver, ne mettoit pas fin aux travaux Militaires ; les Soldats dans ce Camp

ne cessoient de travailler à en répa-
rer les Fortifications , à en rebâtir
le dedans , & à supporter d'autres
fatigues continuelles,tant en Exercices d'Armes , qu'en détachement
pour l'Escorte des Convois de mu-
nitions , dont l'amas se faisoit dans
le Camp pour la prochaine Campagne.

Pendant la Paix , le Soldat toujours campé ne goûtoit guére plus
de repos que pendant la Guerre ,
il étoit alors occupé à des travaux
publics ; on lui faisoit couper des
Montagnes, creuser des canaux ,
construire des chemins ; l'oisiveté
du Soldat est ordinairement ce qui
occasionne les révoltes & les sédi-
tions : tant que l'Etat Romain eut
soin d'occuper ses Gens de Guerre , en les surchargeant, pour ainsi
dire, de travaux , il resta tranquille ;
le contraire arriva à mesure que
les Généraux, pour se concilier l'af-
fection des Soldats de leur Commandement , dans l'intention de

les faire servir à satisfaire leur
ambition, eurent donné relâche-
ment à la Discipline Militaire; l'ai-
se & l'opulence du Soldat lui fit
perdre le goût de l'obéissance, &
même celui de la valeur : de-là vint
toutes ces cabales & toutes ces sé-
ditions que nous offre l'histoire. Nos
usages présens sont bien opposés à
ce que furent ceux des tems, où la
Discipline Militaire Romaine fut
en vigueur; les Romains fatiguoient
trop leurs Soldats en tems de Guerre, les occupations qu'ils leur donnoient pendant la paix étoient plus
raisonnables. Nos Soldats à présent
sont assez occupés pendant la guerre,
il faut faire aimer la profession, &
ne la pas rendre redoutable, l'ac-
cablement affoiblit certain degré
de chaleur propre à exciter la bravoure; mais aussi pendant la paix,
nous ne les occupons pas assez, on les
tient long-tems dans des Garnisons
à n'être exercés, qu'à monter des
Gardes, faire des Revues, ou quel-

ques évolutions bien bornées, ou
bien on les tient des années entieres
cantonnées dans le plat Pays; l'a-
bus de ces deux choses rend le Soldat trop sensible à son repos, &
peut le porter à l'indocilité, sour-
ce de bien d'autres désordres: *Dis-*
cordia laboratum est, cum assuetus
expeditionibus Miles otio lasciviret,
dit Tacite, il faudroit donc, en suivant l'exemple des Romains, l'occuper à des travaux publics, ce qui
serviroit beaucoup à décorer un
Pays, & à lui procurer la richesse par
une augmentation de commerce.

Ce que j'ai dit jusqu'à présent,
a pu commencer à prouver que les
premiers François ne conservérent
pas beaucoup de chose de la Tactique Romaine, tant sur la maniere
de camper, que sur celle d'arranger
une Armée pour le combat; mais
pour rendre ma preuve complette,
je ne le peux faire qu'en entrant dans
un détail sur les arrangemens qu'eurent les Armées Françoises dans

quelques

quelques-unes des plus mémorables Batailles, données depuis l'établiffement de la Monarchie : Je vais donc entrer dans ce détail d'une maniere fuccinte , mais fuffifante je crois, pour qu'au moyen de quelque manœuvre propre à chacune de ces Batailles, on puiffe voir peu à peu toutes celles qui fe font faites , & avoir des exemples , comment, & dans quels tems , ces manœuvres fe font exécutées pour la premiere fois.

J'ai infinué que fi les François , en arrivant dans les Gaules , avoient eu quelque façon de combattre particuliere à eux fondée fur des principes , qu'ils auroient plûtôt eu celle des Grecs , que de toute autre peuple; cependant j'avouerai que les actions dont je vais parler , ne font guére propres à prouver cela.

Les Batailles de Soiffons , de Tolbiac & de Poitiers gagnées par Clovis fur les Romains, les Allemands & les Vifigoths , quoi-

H

que confidérables, puifqu'elles affu-
rérent un établiffement folide à la
Monarchie, ne font pas affez détaillées dans les Hiftoires, pour
montrer fuffifamment quelle étoit
alors notre Tactique.

Une autre Bataille gagnée par
la reine *Fredegonde* fur les François
Auftrafiens, l'an 593. en un lieu
appellé Troucy près de Soiffons,
montre feulement qu'en ce tems-la,
on fçavoit ufer de ftratagême : les
Soldats de cette Reine s'approché-
rent fort près de leurs Ennemis à
la faveur de la nuit, portant des
arbres qu'ils plantérent devant eux,
en forte que les Auftrafiens crurent
à la pointe du jour, que ce qu'ils
voyoient devant eux, étoit une Forêt ; & négligeant d'envoyer recon-
noître cette prétendue Forêt, & de
fe mettre en défenfe, ils furént attaqués fi inopinément que leur défaite
fut complette.

De tout tems on a rufé en Guerre : j'ai montré au commencement

de cet Ouvrage ce qu'ont pu faire
sur cela les premiers hommes qui
ont recourus à ces moyens ; il faudroit, en fait de Rufes, n'employer
que celles où il entre de l'efprit &
du fçavoir, & non de celles où la
trahifon y entre pour quelque chofe ;
je ne suis pas du fentiment de ceux
qui prétendent que tout eft permis
à la Guerre, & que l'on peut fe procurer, par tels moyens que ce foit,
la réuffite de ce qu'on entreprend ;
c'eft de quoi ne tombent point d'ac-
cord les Auteurs qui ont traité du
Droit des Gens ; il faut que la pro-
bité & la grandeur d'ame paroiffent
dans toutes les actions humaines : il
peut donc y avoir des ftratagémes
plus permis les uns que les autres ;
les plus grands Capitaines ont pratiqué les premiers, & *Annibal* peut
être regardé comme un de ceux qui
ont le mieux réuffi en femblables manœuvres.

Ce Général en fit une dans les
Gaules, qui a été souvent imitée ,

H ij

& qui le fera toujours ; il avoit à
paſſer le Rhône, & manquant de
bien des choſes pour tenter ce paſſage en la préſence d'une armée ennemie dont il étoit obſervé, il fit
ſemblant de vouloir reſter dans ſon
Camp, il y fit faire de grands feux
& beaucoup de bruit, cependant il
décampa ſubitement la nuit, & en
remontant le Fleuve il l'alla paſſer
en un endroit où il jugea n'avoir
point été ſuivi, cette feinte ména-
gée avec habileté lui réuſſit, cela
lui donna le tems de conſtruire tous
les radeaux de paſſage dont il eut
beſoin, & il évita par-là d'en venir aux mains avec gens dont il ne
connoiſſoit pas le ſçavoir, & qu'il
avoit intérêt d'éviter, pour n'être
point arrêté dans ſes deſſeins.

Entre les bonnes qualités d'un
Général, celle de ſçavoir cacher
ſes marches & prévenir celles de
ſes Ennemis, n'eſt pas des moindres ; par-là on fatigue ces Ennemis, on les déroute dans leurs pro-

jets , & en les leur faifant manquer,
on prend fur eux des avantages
qu'ils auroient eu , fi l'on n'avoit
pas fçu rufer à propos.

L'armée du *Duc de Saxe-Wey-*
mar ayant affiégé Brifac en l'année
1638. les Impériaux s'avancerent
pour fecourir cette Ville , le Duc
Weymar, de fon côté avec les Suédois & des François joints à lui ,
alla au-devant des Allemands , les
deux armées fe rencontrerent au lieu
appellé *Wittenveir* , les Impériaux
arrivés les premiers s'emparérent
d'une hauteur qui leur auroit donné
tout l'avantage du combat , fans un
ftratagême que le Comte de *Gué-*
briant (qui fut depuis Maréchal de
France, & qui pour lors étoit Lieutenant Général dans l'armée Sué-
doife) propofa, afin de faire déloger
l'Ennemi de fa hauteur ; ce ftrata-
géme fut exécuté & eut fa réuffite ,
ce fut de faire mettre des Tambours
& des Trompettes dans un Bois voifin du lieu que l'on vouloit avoir ,

au bruit que firent ces inftrumens militaires, les Impériaux croyant d'aller être attaqués du côté d'où leur venoient ce bruit, y marcherent; auffi-tôt qu'ils eurent quitté leur hauteur, le Duc Weymar s'en faifit, & fçu par ce moyen fe donner fur l'Ennemi le même avantage que celui-ci avoit d'abord eu fur lui. C'eft l'Hiftoire du Maréchal de Guébriant qui fournit le recit de ce fait.

La rufe pratiquée à l'Action de Troucy auroit trop de fimplicité pour le tems où nous fommes, & elle ne feroit bonne à faire que contre des gens qui négligeroient d'envoyer à la découverte, & d'avoir des Efpions en campagne.

La preuve que les premiers François combattoient à la Grecque, ferrés les uns près des autres, paroîtra mieux dans une feconde action paffée à Tolbiac l'an 612. entre deux Freres, Thierry Roy de Bourgogne, & Theodebert Roy d'Auftra-

sie ; cette action fut si opiniâtre
de part & d'autre, qu'après qu'elle fut finie, on voyoit les Soldats
morts restés debout, dans la même
attitude qu'ils avoient combattu,
se soutenant les uns les autres comme s'ils avoient été vivans.

Sous la premiere Race de nos
Rois, les Armées n'étoient composées que d'Infanterie ; sous les Rois
de la seconde, il commença à y
avoir autant de Cavalerie que d'Infanterie ; & sous les Rois de la
troisiéme Race, il y eut plus de
Cavalerie que d'Infanterie.

Les Fiefs & la Chevalerie furent ce qui fit paroître depuis Hu-
gues Capet, jusqu'au seiziéme siécle, tant de Cavalerie dans les Armées, & il y avoit si peu de Soldats, qu'il arrivoit souvent que
dans les actions où il falloit abso-
lument de ces derniers, on étoit
obligé de faire mettre pied à terre
aux Cavaliers, pour en faire des
Fantassins ; on imitoit sur cela les

Romains, qui au déclin de leur Empire avoient aussi trop de Cavalerie dans leurs Armées ; *Narsez* & *Bélisaire* furent obligés de recourir souvent à la manœuvre que je viens de dire, quand ils avoient besoin de beaucoup de Soldats.

Malgré le peu de détail où sont entrés nos Historiens sur l'arrangement des Armées Françoises, tant à la Bataille où les Sarrazins furent défaits par *Charles Martel* près de Tours qu'à celle de *Fontenay en Auxerrois*, données entre les Enfans de Louis le Débonnaire, on peut néanmoins s'appercevoir que dès-la seconde de ces Batailles, il y avoit beaucoup de Cavalerie dans les Armées.

La Bataille de Tours ayant fait appercevoir à nos Guerriers qu'ils s'en étoit peu fallu que les Sarrazins, presque tous Cavaliers, & bien armés de cottes de mailles de fer, n'eussent eu par ces endroits l'avantage sur eux, se résolurent de préférer le

le Service à cheval à celui de pied,
& de préférer aussi l'armure Sarrazine qui couvroit de pied en cap,
au sayon de cuir, qui étoit leur unique arme défensive.

Ceux d'entre les François qui
possédoient des Fiefs, ne pouvoient
penser autrement : ils étoient opu-
lens ; ils commençoient à posseder
à titre d'hérédité les Terres qu'ils
tenoient du Domaine. Le bien fait
naître la délicatesse & l'ambition :
l'une de ces passions devoit faire
préférer un Service commode, tel
que celui du cheval, à tout autre ;
& l'autre de ces passions fit penser
avec raison que ce Service à cheval,
soutenu de la bonté de l'armement,
donnoit à ceux qui l'embrassoient, le
moyen de faire parade de force,
& d'adresse : toutes ces considéra-
tions firent que les Fieffés ne vou-
lurent plus servir qu'à cheval : ils
s'armérent à la Sarrazine, & cette
Armure fut appelée *Haut-Ber*, parce que peut-être il ne fut pris d'abord

I

que par les Barons qui étoient les premiers de ces Fieffés , & les Chefs de troupes.

Mais la nombreuse Cavalerie qui composa les Armées , depuis les petits Enfans de Charlemagne, s'apperçoit mieux à la Bataille de Bouvines de l'an 1214. qu'en toute autre : la Cavalerie , qui en cette Bataille faisoit la principale force de l'Armée de France , combattit à la Romaine, c'est-à-dire en Escadrons séparés par intervalles ; l'Infanterie composée des Milices , fournies par les Villes , & qui pour cela s'appelloit *Milice des Communes* , ou *Milice des Francs-Archers*, fut mise par Pelotons entre les intervalles de la Cavalerie. Le Comte de Boulogne qui en cette même Bataille commandoit l'aile droite de l'Armée Impériale , renouvella une manœuvre ancienne qui retarda long-tems la défaite de son parti. Il forma une Phalange à centre vuide, s'y retira avec ses Gendarmes , & du milieu de cette Forteresse ambulante, il faisoit de fois à autres des sorties sur les Royalistes, ne rentrant dans son Fort, que quand il étoit vivement poursuivi.

Ce que fit le Comte de Boulogne à la bataille de Bouvines, fut renouvellé à celle de *Rocroy* de l'an 1643. En cette derniere, l'Infanterie Espagnole voyant sa Cavalerie défaite par celle des François, se forma en Bataillon quarré, qui contenoit dans son centre vuide dix-huit pieces de Canons : ce Bataillon s'ouvroit, quand l'artillerie qui y étoit renfermée, étoit en état de tirer ; la décharge faite il se renfermoit : les François ne vinrent à bout de forcer ce Corps redoutable qu'à la quatriéme charge, & peut-être auroit-il résisté plus long-tems, si l'Officier qui l'avoit formé & le faisoit manœuvrer, n'eût été tué.

Quoique le Bataillon quarré à centre plein soit meilleur de beaucoup que celui à centre vuide, ce-

lui-ci cependant peut être de bonne
réſiſtance, s'il eſt un peu nombreux
en hommes, pour que ſes files, n'é-
tant point affamées, puiſſent avoir
le degré de force de ſoutien que
doit avoir un tel Corps.

Le Bataillon quarré-plein ſe forme de l'aſſemblage de pluſieurs Bataillons qui ſont ſerrés les uns près
des autres, tant en rangs qu'en files;
& ſi du Bataillon quarré-plein on
en veut faire un vuide, cela peut
ſe faire en partageant le Bataillon
quarré-plein en trois ſections de
hauteur: la premiere de ces ſections
marchera en avant, ou celle de derriere en arriere; celle du milieu ſe
partagera en deux; chacune de ces
portions ira (l'une par la droite &
l'autre par la gauche) occuper le
terrein vuide qui eſt aux extrémités des deux ſections de tête & de
queue, ce qui formera un quarré
dont le vuide que ce quarré renfer-
mera, ſera le terrein qu'occupoit
cette ſection du milieu, avant qu'el-

le se coupât pour venir fermer les côtés du Bataillon, & en faire un quarré-vuide.

A la Bataille de *Bénévent* où Mainfroi Roy de Sicile fut défait par le Comte d'Anjou, Frere de Saint Louis, l'an 1265. on combattit l'Infanterie & la Cavalerie, entre-mêlée ensemble ; c'est une bonne Ordonnance, assez d'usage dans les treize & quatorziéme siécles, & qui devroit encore durer.

On a à admirer dans l'Histoire la manœuvre que fit faire le Sire de Joinville au Corps d'Infanterie qu'il commandoit, lorsque S. Louis aborda au Port de Damiette dans la Croisade de l'an 1249.

La Cavalerie Sarrazine attendoit les Croisés sur le bord de la Mer, & s'apprêtoit à défaire par le menu le Bataillon du Sire de Joinville ; mais ce brave Chef, à mesure que les premiers de ses Soldats prenoient terre sur le rivage, bien couverts de leurs Boucliers, leur fai-

I iij

foit former des Rangs ferrés , &
hériffés de longues Piques , & ce
rempart amovible gagnoit peu à peu
le terrein, pour que les autres Soldats qui arrivoient enfuite, puffent
fans confufion former d'autres rangs
derriere les premiers : cette manœuvre hardie déconcerta fi bien
les Sarrazins , qu'ils fe retirerent,
& laifferent aux Chrétiens la liberté
de débarquer fans grande perte.

Nos Guerriers , après un début
fi heureux , avoient lieu d'efperer
qu'ils auroient le même bonheur
dans le refte de l'entreprife qu'ils
exécutoient ; mais la chofe tourna
autrement, par leur faute.

Le debarquement fait, & la Ville de Damiette prife, les Croifés cam-
pérent , ne pouvant agir que le débordement du Nil ne fût paffé ; &
dès cette premiere démarche , ils
commencerent à faire faute , ils né-
gligeoient fi fort de fe retrancher ,
(felon la coutume d'alors) que les
Arabes venoient la nuit couper la

tête des Soldats, jusques dans leurs
Tentes : on remédia un peu à cela,
en postant des Gardes avancées autour du Camp (& c'est-là peut-être
l'origine de ces sortes de Gardes.)

Les Chrétiens, en s'avançant
ensuite dans le Pays ennemi, &
devenus plus prévoyans, se fortifié-
rent dans leurs Campemens ; s'ils
eussent gardé constamment cette
conduite, & qu'ils eussent eu soin
d'établir des postes de communication pour rester maîtres des derrieres, & s'assurer la retraite dans Damiette, l'Armée Croisée n'auroit
pas été totalement détruite, comme
elle le fut, lorsqu'il fallut reculer après
la bataille de la *Massoure*.

Il paroît par le détail de cette
bataille de Massoure, que les Infi-
déles combattoient aussi, l'Infanterie mêlée avec la Cavalerie ; cette
ordonnance méritoit d'être conser-
vée par sa bonté : elle fait que des
Corps différens se soutiennent réciproquement, & sa supériorité va

I iv

paroître , par comparaison de l'ordonnance qui fut gardée à l'attaque
du Camp de *Courtrai* , de l'année
1302. cette attaque offrant une im-
prudence extrême de la part des
François qui entreprirent de forcer
les Flamands , quoique ceux-ci se
fussent retranchés entre une riviére
& des marais , ce qui rendoit leur
Camp inabordable.

Les François attaquerent sur deux
lignes, chacune de neuf rangs de
hauteur ; la Cavalerie faisoit la premiere de ces lignes , & l'Infanterie
la seconde, ce qui est un ordre plus
mauvais que celui de mettre l'Infanterie en premiere ligne , & la Cavalerie en seconde ; celui-ci cependant ne vaut guéres mieux , aussi
à l'attaque de Courtrai, la Cavalerie
ayant été repoussée, passa, en fuyant,
sur le ventre de l'Infanterie.

La bataille de *Mons-en-Puéle*,
donnée l'an 1304. ne fournit aucun
arrangement particulier, que le Retranchement de Chariots de bagage

que les Flamands sçurent se faire,
& qui est bon en bien des occasions.

La bataille de *Cassel*, de l'an 1328.
en montrant encore le peu de soin
que les François ont toujours eu de
se pourvoir d'un camp de sureté,
offre une belle manœuvre de l'Infanterie Flamande : elle soutint l'effort de la Cavalerie Françoise, au
moyen de son front & de ses flancs
bordés de Piquiers présentant leur
arme, ce qui fit qu'elle ne put être
rompue que par des charges réitérées de notre Cavalerie.

On a toujours été soigneux de
rendre les Corps d'Infanterie inac-
cessibles à la Cavalerie; & on a pour
cela employé des armes de longueur.
On a vu que les Phalanges Grecques
étoient de Corps hérissés de Piques;
cet hérissement étoit de cinq rangs;
il falloit forcer cinq pointes de Piques présentées à différentes lon-
gueurs, pour arriver aux Phalan-
gistes. Les différentes divisions d'u-
ne Légion Romaine étoient aussi

fraifées de Piques, les Soldats du premier rang bien couverts de leurs boucliers, ce qui s'appelloit faire la *Tortue*. Il y avoit des Tortues pour les batailles, & des Tortues pour les fiéges ; j'en décrirai quelques-unes par la suite. *Marc-Antoine*, le Triumvir, fit faire à ces foldats dans une guerre contre les Parthes une de ces Tortues, qui montre que ce Général auroit mérité le titre de Grand Homme, fans les foiblefses où l'amour le fit tomber. Le Général Romain s'étant engagé un peu trop inconfidérement dans le pays ennemi, & étant obligé de faire retraite, harcélé continuellement par une armée plus puiffante que la fienne, quand il étoit attaqué il faifoit ferrer les rangs de fes foldats à la pointe de l'épée; le premier rang mettoit un genou à terre, & en fe couvrant de fes boucliers faifoit une efpece de rempart, derriere lequel les autres rangs étagés par gradation pouvoient tirer continuellement ; cette Tortue ou Pavoiſade ne ſe faiſoit que quand on étoit forcé de combattre en marchant , & que l'on ne vouloit pas perdre le tems à ſe remparer d'un foſſé , elle ne duroit qu'autant qu'on avoit à ſoutenir l'harcélement , & le choc paſſé on la levoit , & l'armée continuoit ſa marche.

Nous voilà enfin arrivé à la bataille de Créci , donnée l'an 1346. qui eſt l'époque où j'ai arrêté de faire commencer le quatriéme Age de la Tactique. Les Anglois en cette bataille poſtés ſur le penchant d'une colline , au pied de laquelle étoit une riviére , ſe rangerent ſur trois lignes ; ils avoient du Canon, comme le dit l'hiſtorien Villani ; au derriere de leur armée étoit un camp fermé par les chariots de bagage. Le ſilence de Froiſſart au ſujet du Canon dont il fut fait uſage à Créci , ne fait rien contre la poſſibilité de la choſe , & on doit s'en tenir pour cette poſſibilité aux fortes preuves que donne l'Auteur de l'Histoire de la Milice Françoise, comme le Canon étoit connu dès la fin du treiziéme siécle.

Les François se rangerent à Créci aussi sur trois lignes: six mille Arbalétriers Génois formoient la prémiere; la seconde ou corps de bataille étoit formée par la Gendarmerie mêlée d'Infanterie, sous le commandement du Comte d'Alençon, frere du Roy; & le Roy conduisoit la troisiéme ligne ou l'arriére-garde, aussi composée de Gendarmerie. On ne peut nier que la disposition dans les deux armées ne fût également belle; les Anglois avoient seulement pour eux l'avantage du lieu, & d'une Machine de guerre, inconnue jusques alors; il faut donc attribuer la défaite des François en cette action à deux choses principales, au desavantage d'aller avec trop de précipitation à l'attaque de gens qui attendant de pied ferme, vous tirent du haut en bas, & vous éton-

nent de leur Canon ; & au trop de
vivacité du Comte d'Alençon qui,
fous un foupçon de trahifon de la
part des Génois, les fit charger en
queue par fes Gendarmes, pendant
que cette Infanterie Génoife s'apprêtoit à faire fon devoir, autant
que le défordre de fes armes le lui
auroit pu permettre. Ces deux caufes apporterent une telle confufion
dans les Troupes du commandement du Comte d'Alençon, que les
Anglois tombant enfuite fur ces
Troupes, elles ne crurent éviter
leur défaite qu'en s'ouvrant, dans
l'intention de venir prendre les Anglois en flanc; mais ceux-ci pouffant
leur pointe, arriverent fur la ligne
commandée par le Roy, & oblige-
rent ce Prince à fuir, après avoir
foutenu un long combat : les François une fois déroutés, fouffrirent
une perte plus confidérable qu'ils
n'auroient fait, s'ils avoient eu un
camp de retraite derriere eux ; &
n'en ayant point, ils furent obligés
de fuir fort loin.

Il est bon de faire remarquer ici, que jusques au seiziéme siécle on ne s'est guéres servi du terme de ligne, pour désigner l'ordre sur lequel étoit mis une armée pour combattre. Dans une armée rangée sur trois lignes, la premiere s'appelloit *Avant-Garde*; la seconde, Corps de *Bataille, ou Bataille* tout court; & la troisiéme, *Arriére-Garde.* On ne s'exprime plus de cette maniere, que pour une armée qui est en marche; si elle marche en colomne renversée, que ce soit par sa droite ou par sa gauche, c'est toujours la tête des colomnes de l'aile qui avance qui se nomme Avant-Garde, & la fin de ces colomnes est l'Arriére-Garde; la chose est de même, si cette armée marche sur son devant. On appelle encore Avant-Garde & Arriére-Garde, des Détachemens d'une armée faits pour marcher à quelque distance d'elle, & en assurer la tête & la queue.

Dix ans après la bataille de Créci, arriva en l'année 1356. celle de Poi-

iers où notre Roy Jean resta prisonnier ; à celle-ci les Anglois mieux
accoutumés que nous de se choisir
les champs de bataille avantageux,
se posterent dans un lieu où l'on ne
pouvoit aller à eux que par un défilé
bordé de haies ; ils garnirent ces
haies de leur Infanterie , & mirent
leur Cavalerie au fond du défilé :
les François ne pouvant donc aller
à cette Cavalerie qu'entre une em-
buscade , mirent en une seule colomne la premiere des trois lignes ,
sur lesquelles ils s'étoient rangés ;
ils ne composerent cette colomne
que d'Infanterie, faisant mettre pour
cela pied à terre à la Gendarmerie,
excepté trois cens Gendarmes qui
tenoient la tête de la colomne ; le
reste de l'Armée Françoise resta à
l'entrée du défilé : un tel arrangement de la part des François ne
pouvoit pas manquer de leur faire
perdre la bataille , c'est aussi ce qui
arriva ; car la colomne d'avant-
garde une fois entrée dans le défilé

fe trouvant avoir en tête les Gendarmes Anglois, & en flanc les Archers de la même Nation , qui de
derriere les haies qui les couvroient
décochoient une grêle de fléches fur
les François pris comme dans un
trébuchet; les trois cens Gendarmes
qui faifoient la tête de la colomne
Françoife ne pouvant avancer , re-
tomberent fur l'Infanterie qu'ils
avoient derriere eux , y mirent la
confufion , & la défaite de cette colomne caufa bientôt celle du corps
de bataille & de l'arriére-garde.

Notre mauvaife ordonnance de
Poitiers n'occafionna aucunes réflexions avantageufes pour la cor-
rection de notre Tactique ; cela parut par la bataille d'Azincourt de
l'an 1415.

Les Anglois à *Azincourt* étoient
de deux tiers moins forts que nous ;
ils fe pofterent dans une petite plaine
entre deux bois , ce qui les couvroit en flanc , & fit qu'avec la
feule ligne de leur armée compofée
de

de Gendarmerie, ils trouverent le moyen de parer à l'inégalité du nombre, & nous mirent dans la né-cessité de ne leur présenter qu'un front égal à eux, au lieu que dans un autre champ nous aurions pu les dé-border de beaucoup.

Nous nous mîmes de notre côté en bataille sur trois lignes, & en avançant dans la petite plaine d'en-tre les deux bois où étoient les An-glois, cette plaine (si favorable à ces Anglois, pour être suffisante à proportion de leurs forces) fut si désavantageuse aux François, qu'ils ne purent combattre, les soldats se trouvant si serrés, qu'ils n'avoient pas la liberté du maniment de leurs armes.

Les Anglois en cette bataille, en se formant, placerent leurs Archers sur les bords des deux bois, ce qui leur faisoit deux avant-ailes au-devant de leur Gendarmerie; & dès que ces Archers furent postés ils se retrancherent, en se palissadant,

K

devant eux avec des Pieux.

La manœuvre de se palissader en présence de l'Ennemi, n'étoit pas particuliere aux Nations de l'Europe, dans le tems que les Anglois l'avoient. Les François qui se trouverent à la Journée de *Nicopolis*, ne purent défaire l'avant-garde de l'armée des Turcs, qu'en forçant les Palissades que ceux-ci avoient plantées devant eux en se mettant en bataille.

Une armée n'ayant pas toujours le tems, ni les moyens de se retrancher aussi solidement que par un fossé ou par un abatis d'arbres, il a fallu recourir à d'autres choses propres à fournir un retranchement d'une prompte fabrique pour les cas, qu'il est à croire qu'un Ennemi qu'on a en vue, ne vous donnera pas le tems d'en faire de plus solide ; pour cela on s'est servi de Pieux ; ensuite on a trouvé l'invention de la Machine appellée *Cheval de Frise*, composée d'un long morceau de bois, hériffée tout autour de lames de fer ; ces deux manieres, par les pointes qu'elles préfentent en défenfe , montrent qu'on a eu deffein de les faire fuppléer aux arbres abattus ; ces derniers produiroient le meilleur des retranchemens , fi on en avoit à fuffifance. Des arbres mis les uns près des autres , dépouillés de leurs menues branches , & ayant leurs groffes bien appointées & bien entrelacées, préfenteroient une défenfe auffi difficile que dangereufe à forcer.

On a encore eu d'autres Retranchemens portatifs , que les deux dont on a parlé ; & je m'étonne que les *Fafcines* & les facs à terre dont on fe couvre dans les fiéges , ne foient auffi employés dans les Retranchemens de Campagne.

Si on en croit les Hiftoriens Efpagnols fur l'origine des Armoiries du Royaume de Navarre , elles ont été prifes en mémoire d'un Camp environné de chaines de fer , qui

K ij

servoient de Retranchement à une armée de Maures, lequel Camp fut forcé par les Chrétiens : mais soit que ces Retranchemens, par le moyen des chaines, ayent existé ou non, il est au moins certain que la chose pourroit être praticable, & avoir son bon dans les occasions où il faut des Retranchemens, tels legers qu'ils puissent être. Un petit nombre de Chariots seroit suffisant pour porter le nombre de Pieux, & la quantité qu'il faudroit de chaines pour enveloper une médiocre armée, ou couvrir seulement son front ; & en mettant un double rang de chaines à deux pieds d'hauteur l'un de l'autre, bien affermi à des Pieux, on auroit par-là un Retranchement élevé de quatre pieds, qui donneroit autant de peine à forcer, que le Retranchement en Chevaux de Frise.

A la bataille de *Verneuil*, de l'an 1424. les François & les Anglois combattirent les uns contre les au-

...res, chaque parti fur une feule ligne, les Anglois ayant le devant de
la leur paliffadé, & la Gendarmerie pied à terre de part & d'autre.

La manœuvre de convertir de la
Cavalerie, pefamment armée, en Infanterie, n'étoit pas trop bonne :
Quel bon fervice pouvoit-on tirer
d'un homme accablé de fon armure, & difcipliné pour ne combattre
qu'à cheval ? Les uns de ces Cavaliers, quoiqu'à pied, fe fervoient
de la Lance qui étoit la principale
de leurs armes ; ils fraifoient de
leurs Lances les Bataillons qu'on
leur faifoit former, & les autres
combattoient l'Epée à la main. La
Lance devenue d'ufage pour des
foldats, fit donner le nom de *Lanf-*
quenets aux premiers Fantaffins Allemands qui parurent en France,
& qui venoient peut-être de ces Cavaliers démontés, qu'on s'étoit accoutumé d'avoir ; ces Lanciers à
pied ne furent cependant pas long-
tems de mode, depuis que les Ar-

mes à feu eurent paru, la Lance étoit trop incommode par sa pesanteur; mais comme avec les Mousquets il falloit des armes de longueur, les Piques & les Halebardes, dont les Suisses nous apporterent la mode, furent adoptées, & il parut des Bataillons moitié Piquiers & moitié Mousquetaires.

La Journée de *Guinegate* de l'an 1479. aura rang ici pour deux choses utiles à sçavoir. Anciennement un Général d'armée étoit assez communément le maître de faire exécuter par ses Troupes tous ses desseins; il avoit presquetoujours ce qui s'appelle *Cartes Blanches*. Le Seigneur de *Gordes*, Gouverneur de Picardie, ayant combattu à Guinegate sans ordre de la Cour contre l'Archiduc Maximilien d'Autriche, Louis XI. fâché (au rapport de Philippe de Comines, *l. 6. c. 6.*) de ce que ses Troupes qui d'abord avoient eu l'avantage danscette bataille, l'avoient ensuite perdu, en se livrant à l'envie

de piller , détermina que ses Généraux n'entreprendroient plus d'actions de conséquence, sans avoir des
ordres exprès. Le danger où un Général expose son armée , en laissant
inconsidérément piller le soldat, mérite de n'être point ignoré ; l'action
de Guinegate n'est cependant pas la
seule qui puisse servir d'exemple ,
que le Pillage a très - souvent ar-
raché la Victoire des mains des
Pilleurs.

La bataille de *Montlhery* loin de
présenter quelque arrangement pro-
fitable pour la Tactique, ne montre
qu'une action si mal conduite, tant
de la part des François que de celle
des Bourguignons, qu'on a depuis
été embarrassé à décider qui des
deux Partis avoit eu l'avantage.
Les Archers du Duc de Bourgogne,
en se mettant en bataille , plante-
rent des Palissades devant eux ; ils
avoient pris cet usage des Anglois,
pendant qu'ils avoient été unis ensemble contre la France.

Les batailles de *Granſon*, de l'an 1476. de *Morat*, en la même année, & de *Nanci* de l'année 1477. quoique données entre des armées étrangeres, méritent qu'on en parle; elles augmenterent la réputation des Suiſſes; elles abattirent une Puiſſance formidable, & eurent chacune quelque particularité convenable à cet Ouvrage.

Celle de Granſon montre le deſintéreſſement où étoient alors les Suiſſes; après l'action ils s'emparérent du Camp du Duc de Bourgogne; les richeſſes qu'ils y trouverent, furent regardées par eux avec une eſpece d'inſenſibilité, témoin le Diamant qui s'y trouva eſtimé depuis le plus beau qui ait été vu en Europe, & qui fut, après l'action de Granſon, vendu à très-vil prix, ſon mérite n'étant point connu.

La bataille de Morat fournit une bonne preuve de la franchiſe & de la bonne foi des Suiſſes: Un des Chefs de l'armée de cette Nation ayant

ayant propofé de fe fervir de *Chevaux de Frife* pour mieux couvrir les foldats & arrêter la Cavalerie Bourguignonne, un autre Chef de l'Armée Suiffe rejetta généreufement la propofition, en difant qu'il falloit attaquer l'Ennemi *franchement, & à la maniere ordinaire de la Nation.*

Pour la bataille de *Nanci*, funeſte au dernier des Ducs de Bourgogne de la feconde Race, qui y trouva la fin de fa vie, offre, par la trahifon du Comte de Campobaffo, un exemple du danger que court un Prince qui donne fa confiance trop légérement, & qui croit les chofes telles qu'on les lui dit, fans chercher à s'affurer, par des moyens fecrets, fi on lui accufe jufte.

Sans le Retranchement, par le moyen des Chevaux de Frife, qui fut propofé à Morat, je ferois tombé dans l'erreur, de croire que cette Machine n'avoit pas une fi vieille

L

origine ; elle est bonne pour les occasions où il faut se retrancher avec
promptitude ; & plusieurs Nations,
telles entr'autres, que les *Polonois* &
les *Moscovites*, s'en servent encore
aux mêmes fins. Un tel retranchement seroit passable, si on n'avoit
à soutenir qu'une attaque de Cavalerie ; il doit être mis au rang des
Retranchemens mobiles ; ceux qui
s'en servent le peuvent pousser en
avant, ou le reculer. Les Chevaux
de Frise sont aisés à transporter ; un
chariot en peut contenir beaucoup.
Je donnerai pour exemple de l'a-
vantage qu'on peut retirer, au moyen
de ces Machines, ce qui s'est passé
entre les Russiens & les Turcs l'an
1711. L'Armée des premiers s'étant
allée enfermer inconsidérément entre l'Armée Ottomane & la riviere
de *Pruth* en Crimée, n'évita sa défaite qu'au moyen d'un triple Retranchement de Chevaux de Frise,
les Turcs n'ayant osé faire qu'une
foible attaque. Pour qu'une pareille

fermeture pût réſiſter à une attaque d'Infanterie, il faudroit enchaîner les Chevaux de Friſe, de façon néanmoins à les pouvoir déſunir, & leur union feroit que l'Ennemi ne pourroit pas les déranger, & s'ouvrir par ce moyen un paſſage.

Des trois Batailles dont je viens de parler, je paſſerai à celle de *Marignan*, que nous eûmes à ſoutenir contre les Suiſſes en 1515. & je la poſerai comme la premiere action, où ſe montra avec évidence, combien eſt bonne la manœuvre de mêler dans un combat des Piquiers avec des Arquebuſiers ; ce n'étoit donc point à la bataille de *Cériſoles* de l'an 1544. qu'il falloit parler de cette manœuvre, & a donner pour nouvelle, comme a fait le Pere Daniel dans ſon Hiſtoire de France. Tout ce qui paroîtroit être de neuf en cette derniere bataille, eſt de voir de l'Infanterie armée de Piſtolets, & ſe ſervir avantageuſement de cette

L ij

arme, soutenue néanmoins par des Piquiers.

Les soldats armés de Pistolets s'appelloient *Pistoliers*, pour les distinguer des *Archers*, des *Arquebusiers*, des *Piquiers*, & des *Lanciers*, tous soldats différens, qui tiroient leurs noms de leur principale arme offensive. Le Pistolet des soldats étoit plus long que ne l'est aujourd'hui celui d'usage pour les Cavaliers ; c'étoit proprement un Mousqueton ou Fusil court, d'un maniment plus commode que l'Arquebuse ; cette derniere arme étant souvent si longue, qu'on ne pouvoit s'en servir qu'en l'appuyant sur une fourchette.

La bataille d'*Ivry* remportée en 1590. par notre Roy Henri IV. fait voir une manœuvre qui meriteroit d'être pratiquée plus qu'elle ne l'est, qui est de faire combattre la Cavalerie & l'Infanterie entremêlée ensemble.

Cette bataille sera la derniere dont je parlerai par ordre chrono-

ogique ; il eſt inutile que je deſcen-
de dans la deſcription d'actions plus
modernes, les Auteurs du tems nous
es ont aſſez détaillées. L'objet d'un
Ecrivain qui traite de la Tactique,
e doit borner à l'expoſition des différentes manieres dont une Armée
peut être rangée en bataille, & à
faire connoître les occaſions où ſont
applicables chacune de ces manieres ; il ne faut qu'un ſeul exemple de
chaque arrangement, des répéti-
tions deviendroient ennuyeuſes :
es batailles dont j'ai parlé juſques
ici, ſuffiſent pour montrer que tous
rrangemens d'Armées pour ces
tems-la pouvoient ſe rapporter à
trois principaux, deſquels on ſe ſervoit indifféremment depuis le cin-
uiéme ſiécle, qu'on eut abandonné
ordonnance Romaine la plus ordi-
aire, qui conſiſtoit (ainſi que je
ai dit) à mettre l'Infanterie, par-
ngée en petits corps rangés en
quinconce, ſur deux lignes ; & de
mettre la Cavalerie aux extrémités

L iij

de ces lignes ; ce n'est que depuis
environ un siécle que l'ordonnance
Romaine a été reprise.

Des trois arrangemens offerts par
les batailles qui nous appartiennent,
le premier est de mettre l'Infanterie en premiere ligne , & la Cavalerie en seconde , tel que cela se fit
à la bataille de Créci ; le second
est au contraire de mettre la Cavalerie en premiere ligne , & l'Infanterie en seconde , comme cela se
fit à l'attaque du Camp de Courtrai de l'an 1302. & le troisiéme ,
est de mêler dans une seule ligne
l'Infanterie avec la Cavalerie , cóm-
me cela se fit à la Journée d'Ivry ;
Le Roy Henri IV. en cette bataille
partagea toute la Cavalerie de la
portion de son armée, qu'il se char-
gea de conduire , en sept gros Escadrons , dont chacun étoit flanqué
de Bataillons , & avoit au-devant
de lui une troupe d'Enfans perdus.

De ces trois arrangemens , le premier peut passer , le second ne vaut

rien, & le troisiéme eſt bon. La défec-
tuoſité du ſecond paroît, en ce qu'il
a toujours été fatal à ceux qui s'en
ſont ſervis ; une Cavalerie en premiere ligne qui vient à être défaite,
ne peut manquer de rompre & d'em-
porter l'Infanterie qui eſt derriere
elle , au lieu qu'une Cavalerie en
ſeconde ligne , ce qui fait le premier
de nos trois arrangemens , peut reſter plus aiſément & tenir ferme ,
quoique l'Infanterie qui la couvroit
ſoit déroutée.

A l'égard du mélange de l'Infanterie avec la Cavalerie , je don-
nerois à cet arrangement la préférence ſur les deux autres , pourvu
que le terrein où il ſe fera , & que
l'ordre que prendra l'Armée qu'on
aura en échec , y convienne.

C'eſt un fait très-expérimenté ,
que les Corps de Cavalerie & ceux
l'Infanterie ſe ſoutiennent mutuellement bien ; les mettre à une grande diſtance les uns des autres , c'eſt
un défaut , & c'eſt cependant ce

L iv

qui arrive dans l'arrangement ordinaire d'une grande Armée qui a
fon Infanterie fur une ligne fi étendue, que le centre de cette Infanterie n'a aucun fecours à efperer de
la Cavalerie, cette Cavalerie étant
aux deux extrémités de cette longue
ligne, & par conféquent éloignée
quelquefois de plus d'une lieue de
ce centre d'Infanterie.

D'un autre côté, fi une Cavalerie qui combat n'eft à portée d'être
foutenue par de l'Infanterie, elle
eft fans reffource en cas d'ébranlement. L'Amiral de Coligni, l'un
des bons Capitaines de fon tems,
avoit coutume de mettre entre fes
Efcadrons des pelotons d'Arque-
bufiers à pied, pour que le feu de
ceux-ci dérangeât un peu les Efcadrons ennemis qui venoient charger les fiens ; le Vicomte de Turenne faifoit la même chofe : il fçavoit remédier au défaut d'une Infanterie trop éloignée de la Cavalerie. A la bataille d'*Ensheim*, donnée

en 1674. entre les François & les Impériaux, ce Vicomte fit placer cinq Escadrons dans le centre d'entre les deux lignes, sur lesquelles l'Armée Françoise combattit.

La régle de mettre de petits Escadrons, même des Escadrons entiers, entre les Bataillons, & la régle de mettre de petits Bataillons entre les Escadrons, sont des choses également bonnes. Que l'on ne dise pas que de petites troupes de soldats mêlés dans de la Cavalerie sont autant de perdues, quand la Cavalerie vient à ployer; on répondra à cela, qu'il vaut mieux hazarder cette perte, que de manquer à ce qui peut causer le gain d'une bataille; cette maxime est suivie à la Guerre en bien des occasions, quand pendant un siége une Mine a sauté, manque-t-on sur le champ de faire occuper le terrein sauté, quoique souvent l'on soit certain que ce terrein sautera encore une fois : on sacrifie donc alors des gens avec bien plus de certitude, qu'en mettant des pelotons de soldats entre de la Cavalerie; mais c'est un mal nécessaire, auquel on ne peut apporter reméde. Une autre bonne coutume de l'Amiral de Coligni étoit, quand il avoit de la Cavalerie de deux Nations dans son armée, d'entremêler les Escadrons de ces Nations, & cela pour remédier aux inconveniens qui résultent de la maniere de combattre propre à chaque Nation; chaque maniere en son particulier peut être bonne, néanmoins l'une sera meilleure en certains cas que l'autre: ainsi l'Amiral sçavoit faire servir chacune de ces manieres de correctif à l'autre dans le besoin, & tiroit par-là de tout un bon parti.

A la bataille de *Moncontour*, les Escadrons de l'Amiral étoient alternativement, l'un de François & l'autre d'Allemands: ces derniers escadronnoient sur trois rangs, & leur façon de combattre étoit, qu'a-

près que le premier rang avoit chargé il se partageoit, & alloit par la
droite & par la gauche prendre la
queue de l'Escadron, pour donner
moyen au second rang de devenir le premier & d'aller aussi à la
charge ; celui - ci , après avoir
chargé , s'ouvroit à son tour , pour
que le troisiéme rang pût charger , ainsi que les deux premiers
avoient fait : ce manége se faisoit
successivement , & pouvoit avoir
sa bonté, quand l'Ennemi se con-
tentoit de combattre par caracoles,
& qu'il ne pressoit pas vivement ;
car quand il pressoit, une troupe,
qui manœuvroit de la façon que je
dis , devoit être aisée à mettre en
confusion ; & c'étoit pour remédier
à cet inconvenient que l'Amiral faisoit flanquer ses Escadrons Allemands par des Escadrons François :
ceux-ci combattant de pied ferme
& sans désunion , assuroient la manœuvre des Allemands , & faisoit
que le parti opposé trouvoit tou-

jours quelque chose qui l'arrêtoit.

La façon Allemande, de faire combattre les rangs de Lanciers d'un Escadron les uns après les autres, tenoit de l'ancien tems, où l'on combattoit ainsi dans les Tournois, quadrille contre quadrille, cela s'appelloit faire *le coup de Lance*; & l'on comptoit avoir fait de ces coups autant de fois qu'on étoit revenu à la charge.

La méthode de mêler aussi dans le combat des Bataillons de différentes Nations pourroit être bonne. Le Soldat François attaque vivement, mais s'il est repoussé souvent il se rebute; les Soldats d'autres Nations, comme les Espagnols & les Suisses ont moins de feu pour l'attaque, mais ils la soutiennent avec plus de constance. Ainsi un mélange de corps de Soldats d'inclination différente ne peut que faire un bon effet.

Je crois, par ce que j'ai déja dit, avoir suffisamment prouvé que les François ne prirent que

peu de chose de l'Art de combattre des Romains. Il ne paroît pas
par aucune des batailles rappor-
tées chronologiquement ci-deſſus,
que l'Ordonnance en quinconce, ſi
ſouvent pratiquée par les Romains,
l'ait été de même en France; ce n'eſt
que depuis environ un ſiécle que les
Eſpagnols, ſous la conduite de leurs
Ducs d'Albe & de Parme, que les
Hollandois, ſous leur Prince Maurice, & que les Suédois, ſous leur
Roy Guſtave-Adolphe, l'ayant re-
priſe, nous ont pareillement mis
dans le goût de la reprendre: après
tout, quoique cette Ordonnance ſoit
aujourd'hui préférée à toute autre,
il eſt des cas où elle pourroit ne pas
convenir. C'eſt une erreur de croire
qu'en fait de manœuvre de Guerre
on doive s'attacher plus ſcrupuleu-
ſement à l'une qu'aux autres, quand
aucune n'eſt dans le cas d'être re-
jettée, comme totalement mauvaiſe;
ce ſont les lieux, les circonſtances,
& le génie des Peuples dont on a

la conduite , ou contre lesquels on
a à combattre , qui doivent déterminer un habile Général sur la forme de l'arrangement qu'il fera prendre à son armée.

Si un Général s'avisoit de garder
un ordre constant & toujours uniforme dans ses dispositions pour
combattre, sans avoir égard aux choses que je viens de dire , & qui doivent le faire varier dans sa méthode , il passeroit avec raison pour un
esprit borné , qui n'agiroit que de
routine.

Dans l'Art de la Guerre comme
dans tout autre , il faut agir sur différens principes ; il n'y a point de
théorie qui ne suppose , ou qui plûtôt ne soit fondée sur plusieurs de
ces principes ; ce sont les occasions
qui doivent déterminer sur le choix
de celui de ces principes qu'il faut
suivre , par la convenance qu'il a
avec l'occasion qui s'offre. Mal choisir amene le manque de réussite , &
montre le peu de capacité de celui

...ui ne sçait point varier dans les différens systêmes de l'art dont il se mêle.

Une Tactique sçavante doit être un mélange de ce que Rome & la Grece ont eu de meilleur sur cela ; ce seroit mal penser, que de croire qu'une bataille ne s'est perdue, que parce qu'on n'y a pas combattu selon un ordre purement Romain, ou purement Grec, il faudroit plûtôt penser que cette perte n'est venue que parce qu'on n'a pas suivi l'ordre convenable, eu égard au tems & au lieu où l'on étoit, ainsi qu'au sçavoir & à la force de ceux qu'on avoit à combattre : une perte reçue auroit pu se parer en faisant choix d'un ordre de convenance, sans s'embarrasser que cet ordre soit dans la liste de ceux qui sont connus, ou qu'il n'y soit pas : un habile Officier en sçait faire un pour le besoin, tel que son imagination ou son expérience le lui suggére ; & il réussit presque toujours, quand,

au lieu d'avoir un fyftême de préférence , il a ceux qui conviennent
aux occafions qui s'offrent à lui
ainfi , (par fuppofition) l'arrangement qui fit perdre la bataille de
Crécy , pouvoit faire gagner celle
de Poitiers , fi les deux champs de
bataille n'euffent été diffemblables ;
par-là on n'auroit pas pu dire que
l'arrangement qui fit gagner , fût
meilleur que celui qui fit perdre ,
mais feulement , que celui qui procura le gain convenoit mieux au
champ de Poitiers qu'à celui de
Crécy.

L'Ordonnance en quinconce ,
aujourd'hui la plus à la mode , eft
belle , elle eft même excellente pour
une armée qui peut être étendue à
difcrétion dans une vafte plaine ;
alors les Bataillons à front étendu
& de peu de profondeur peuvent
paffer , les inconveniens du flotte-
ment qui peuvent arriver dans les
corps de cette conftruction n'étant
pas fi à craindre fur un terrein où
l'on

l'on peut aifément faire telles évolutions que les cas le requierent, que
fur un terrein qui met dans la néceffité de perfifter dans l'arrangement une fois pris ; mais dans un
champ étroit, l'ordre en quinconce
& les bataillons étendus doivent le
céder à l'ordre de combattre les Bataillons fur peu de front & beaucoup
de hauteur, entremêlés avec les Efcadrons.

En plaine, on met l'Infanterie
dans le milieu & la Cavalerie fur
les ailes ; entre les bois il faut faire
tout le contraire, mettre la Cavalerie dans le milieu, & l'Infanterie
en colomne fur les ailes, pour que
cette Infanterie puiffe être à portée
d'occuper les bois, ou fe déployer
pour, fi la Cavalerie venoit à être
repouffée, prendre le terrein laiffé
par cette Cavalerie, & donner le
tems à cette même Cavalerie de fe
rallier.

Le pour & contre fe trouve dans
toutes les manœuvres de Guerre fai-

M

fables ; c'eſt ce qui doit perſuader que celles de ces manœuvres qui paſſent pour les meilleures , ne ſont bonnes qu'autant qu'elles ſont faites dans les cas où elles conviennent ; il y a auſſi du défaut dans chacun des arrangemens qu'on peut donner à une armée ; les différens arrange-mens qu'on peut auſſi faire prendre aux corps particuliers qui compo-ſent une armée , ont de même leur bon & leur mauvais. Les Anciens condamnoient les ouvertures entre les corps d'une ligne , elles ont en-ſuite été approuvées ; ces deux ſen-timens ont aujourd'hui leurs parti-ſans ; les uns blâment de laiſſer de trop grands intervalles entre les Bataillons ; d'autres prétendent qu'on n'y en laiſſe pas aſſez.

La forme que doit avoir un Ba-taillon ou un Eſcadron , pour que chacun de ces corps ſoit dans ſon entiere force , eſt encore une matie-re à diſpute : ceux qui tiennent pour les Bataillons en colomne , où qui

ont au moins fur huit ou dix rangs
de hauteur, font néceffairement obligés, quand ils ont à oppofer à l'En-
emi Bataillon contre Bataillon, &
éviter d'être débordé, de laiffer
le plus grands intervalles, que n'en
laiffent ceux qui veulent que leurs
Bataillons ne foient que fur quatre ou
cinq hommes de filé : à bien pefer
les chofes, l'avantage eft égal ; il
eft vrai que le *Bataillon-Colomne*,
autrement Bataillon épais, peut forcer aifément un Bataillon mince ou
à front étendu ; mais auffi fi ce dernier foutient l'effort, & que le Bataillon épais vienne à être rompu,
l'ouverture qu'il laiffera, tant par
la place qu'il occupoit, que par les
intervalles qu'il avoit à fes côtés,
(ces intervalles fe trouvant plus
confidérables que ceux qui fe laiffent d'ordinaire entre les Bataillons
à front étendu) donnera moyen au
Bataillon à front étendu, qui aura
réfifté au Bataillon épais, de tomber avec avantage fur la feconde

M ij

ligne des Bataillons épais, fans que
ceux de la premiere ligne de ces Bataillons épais qui accoftoient celui
des leurs qui aura été diffipé, puif-
fent s'y oppofer, fans s'expofer à un
dérangement qui pourroit leur devenir fatal ; par-là on voit que la
manœuvre de combattre ferré, c'eft-
à-dire, les Bataillons à front étendu,
& à peu de diftance les uns des autres, ou celle de combattre plus ouvert avec des Bataillons épais, font
des chofes affez arbitraires, & qui
peuvent également réuffir ou manquer. Le lieu où l'on eft, la néceffité où l'on fe trouve, & le génie du
foldat que l'on conduit, font encore une fois ce qui doit décider fur
cela : il y a des Nations qui aiment
à combattre ferré, les Grecs étoient
dans ce goût ; les autres aiment à
combattre plus au large, tels étoient
les Romains. Pourroit-on raifonnablement décider fur celui de ces
goûts qui mérite la préférence? Néanmoins je pencherois à la donner à

la maniere de combattre à Bataillon de plus de hauteur, que n'en ont aujourd'hui les corps de ce nom, si on ne craignoit pas d'être débordé par l'Ennemi, en ne lui opposant pas un front de ligne égal à lui. Le Chevalier Folard a prétendu remédier à ce débordement qui peut causer la prise en flanc, en mettant des colomnes de Piétons pour fermer & assurer les ailes d'une ligne ; mais alors c'est recourir à un reméde pour un mal que l'on peut éviter de se faire, parce qu'en faisant entrer dans la face d'opposition les soldats qu'il faudra employer à la composition des colomnes flanquantes, qui doivent être au moins de deux sections chacune, c'est-à-dire, de deux Bataillons épais ou pleins mis en hauteur, on pourroit peut-être se procurer un front d'une étendue suffisante, pour n'être pas de beaucoup débordé par l'Ennemi.

Le même Chevalier Folard, dans la Préface de son Tome VI. trouve

un reméde qui ne me plaît guéres,
pour empêcher que l'Ennemi rangé
en grand front, ne pense à replier
sur les flancs de celui qui attaquera
sur moins de front ; ce reméde est
de cacher à cet Ennemi le deffein
qu'on a de l'attaquer en colomne,
& pour cela d'arriver sur lui dans
une difposition femblable à la fienne, c'eft-à-dire, en Bataillon à
grand front.

En fuivant cette rufe on arrivera
sur cet Ennemi avec un front auffi
étendu que le fien, & quand on
fera à cinquante pas de lui, on diminuera tout-à-coup les fronts des
Bataillons, & on leur donnera plus
de hauteur en doublant les rangs,
au moyen d'une prompte évolution.

L'Auteur que je cite, fait my-
ftére de la façon qu'il faut s'y prendre pour exécuter l'évolution, qui
changera fes Bataillons à large front
en Bataillons pleins, ou en colomne, comme il voudra les avoir ; on
la devine affez, & elle pourroit paf-

fer, si elle étoit faite dans une nécessité indispensable, comme quand
on va en avançant, & que d'un
terrein vaste on ait à entrer sur un
plus étroit, ou qu'on ait besoin de
mettre un corps en force, pour le
rendre capable de soutenir un plus
grand choc; cependant, quand on
a tant fait que de prendre un arrangement, & que d'approcher de près
l'Ennemi dans cet arrangement,
il n'est guéres à propos d'en changer, ni de recourir, sans y être forcé, à des évolutions de ruse qui cau-
sent toujours du trouble dans les
corps qui les font; car quelque sçavantes que soient ces évolutions,
& quelque habilement qu'elles puissent se faire, elles peuvent être pri-
ses par l'Ennemi pour un ébranlement involontaire & de crainte,
dont il tâchera de profiter, en at-
taquant plus brusquement qu'il n'auroit peut-être fait.

Je ne porterai point mes descriptions ni mes réflexions sur les Ma-

chines de Guerre, sur les Armes
des Soldats, tant sur celles de ces
choses propres à l'attaque & à la défense des Places, que sur celles qui
servoient dans les Batailles, quoique cela soit du ressort de la Tactique, & que chaque âge de ceux
que j'ai posés pour montrer méthodi-
quement les changemens qui se sont
faits dans cette Tactique, eût pu me
fournir quelque nouveauté intéres-
sante sur ces Machines. J'ai déja fait
sentir au commencement de cet Ouvrage que ces Machines regardoient
une autre partie de la Tactique que
je n'avois pas dessein de traiter; en
effet, cela m'auroit mené trop loin:
je me contenterai de faire remarquer
que le premier de ces âges nous pré-
senteroit le *Bélier*, machine dont on
se servoit pour renverser les murailles : le Cheval de bois rendu si
célébre par l'Eneïde de Virgile, &
qui causa la prise de Troie, n'étoit
autre chose qu'un Bélier. Pline,
(*l.* 7.) a été de ce sentiment; & l'i-
déc

dée de faire contenir dans l'intérieur d'une semblable Machine des
gens de Guerre, est bien d'un Poëte
qui a sçu joindre le merveilleux & le
vrai pour l'embellissement de son
Poëme.

Le second & le troisiéme âge de
la Tactique nous offriroit la *Baliste*
& la *Catapulte* ; la derniere de ces
Machines est d'un aussi grand & plus
surprenant effet que notre Canon.

Le milieu du troisiéme âge de la
Tactique montreroit l'invention
bien épouvantable de ce qui s'appelloit *Feu Grégeois*, invention d'un
effet encore plus terrible que le Canon ; il se lançoit de loin avec des
Machines convenables, soit sur une
Ville pour la réduire en cendres, ou
soit sur des Troupes pour les consu-
mer, & rien ne pouvoit l'éteindre.

Le quatriéme âge nous fourniroit
le Canon, qui a fait disparoître toutes les Machines antérieures à lui,
& qui pourroit lui-même disparoître à son tour, si on faisoit atten-

N

tion fur la bonté dont étoient les
Machines de Guerre , antérieures
au fiécle de l'invention des Armes
à feu ; il en coutoit peu , tant pour
les conftruire , pour les mettre en
jeu , que pour les tranfporter ; elles
fe montoient & démontoient facilement; le Canon eft bien d'une autre
dépenfe ; fon gouvernement jette
dans de grands embarras , dont il
ne dédommage peut-être pas affez
par fon utilité.

Enfin , tous les quatre âges de la
Tactique nous préfenteroient les
différentes manieres de s'armer des
Guerriers , jufques au tems de l'invention du Moufquet , & en réfléchiffant fur l'effet que cette Arme
produit dans les combats ; on ne
pourra , je crois , s'empêcher de
balancer fur ce qui doit avoir la
préférence entre elle & la Fléche,
dont on avoit fait ufage avant
elle : les combats à coups de fléches
étoient au moins auffi meurtriers que
ceux des armes à feu. Quel car-

nage ne devoit-il pas s'enſuivre dans deux armées qui ſe couvroient réciproquement d'un nuage de Traits de différentes eſpeces, ce qui étoit tel, que l'air en étoit obſcurci ?

Avant de paſſer à la deſcription des Corps qui ſont préſentement con-nus ſous les noms de Régimens & de Bataillons, je ferai remarquer qu'ils n'exiſtent ſous ces noms, que de-puis le régne d'Henri II. Les Régi-mens eurent d'abord le nom de *Bandes*, en imitation des Corps de diviſion d'une Phalange Grecque, qui étoient auſſi nommés *Bandes*, & les premieres Bandes Françoiſes étoient les débris des Légions créées par François I.

Juſques dans le ſeiziéme ſiécle, le dénombrement d'une Armée, pour en exprimer la force, ne s'eſt fait qu'en comptant les Enſeignes de gens de pied, & les Cornettes de Cavalerie qu'elle contenoit.

Chaque Enſeigne & chaque Cor-nette étoit ce qu'on appelle préſen-

tement *Compagnie*. Les Compagnies
d'Infanterie s'appelloient *Enseignes*,
parce que chaque Compagnie avoit
son Enseigne ou Drapeau ; & chaque Compagnie de Cavalerie s'appelloit *Cornette* , parce qu'elle avoit
sa Cornette ou *Etendard*. Les Compagnies d'Infanterie d'alors étoient
plus nombreuses que celles d'à présent ; les moindres étoient de cent
hommes ; il y en avoit de deux , de
trois & de quatre cens hommes.

C'est cette inégalité des Compagnies qui occasionna de former des
Corps égaux , qui prirent le nom
de Bataillons , parce qu'en mettant
en bataille toutes les Compagnies
d'une Armée , cela auroit formé des
Pelotons trop irréguliers , comme
d'en voir à côté d'un de quatre cens,
un autre qui n'auroit été que de cent ;
ainsi , pour donner au gros Peloton de quatre cens hommes un voisin égal à lui , on joignoit ensemble
quatre Compagnies de cent hommes chacune , & par ce moyen tous

les Pelotons d'une Armée se trouvoient égaux ; & comme cet arrangement ne duroit que tant que l'on
étoit en bataille , ou tout au plus
une Campagne , après laquelle les
associations de Compagnies ne sub-
sistoient plus ; de-là , ces Pelotons
de sociétés , tant que leur associa-
tion duroit , prirent le nom de *Bataillon* , d'un terme diminutif de celui de *Bataille* , que j'ai dit avoir
été porté , par le Corps qui faisoit
la partie principale , ou plûtôt la
partie centrale d'une Armée.

Ce que je dis , servira aussi pour
faire voir comment se sont formés
les Escadrons de Cavalerie ; il y
avoit des Compagnies d'Ordonnance de cinquante , de cent & de
deux cens hommes d'armes ; on
voit cela , tant par les anciens rol-
les de Revues de ces Compagnies
qui restent , que par les titres dont
ont qualifiés les Gentilshommes ,
qui dans ce tems-la avoient de ces
Compagnies. Ainsi une Compagnie

de deux cens hommes d'armes étoi[...]
feule fuffifante pour former un Ef[...]
cadron ; & pour égaler à un tel Ef[...]
cadron un autre qui n'auroit été[...]
compofé que de Compagnies de cin[...]
quante hommes, il falloit quatre de[...]
ces Compagnies pour former ce[...]
Efcadron. Je fais venir le terme[...]
d'Efcadron de celui de *Quadrille*,[...]
chaque rang d'un Efcadron ma-[...]
nœuvrant féparément, comme je[...]
l'ai déja dit, l'efcarre ou la volte[...]
que formoit chacun de ces rangs[...]
dans fa manœuvre, en imitation des[...]
Quadrilles ou petites Troupes fé-[...]
parées que formoient les anciens[...]
Chevaliers pour combattre, foit à[...]
la Guerre ou dans les Jeux d'exer-[...]
cices militaires, procura à l'Efca-[...]
dron de Cavalerie le nom qu'il a.

Lorfqu'il y avoit des Piques dans[...]
l'Infanterie, un Bataillon, dans fa[...]
figure la plus ordinaire, fe montroit[...]
de trois fections ; l'une de Piquiers[...]
qui occupoient le centre, & les deux[...]
autres de Moufquetaires placées fur[...]

les ailes : de-là , ces ailes prirent le nom de *Manches* , par allusion de ce que font les bras , par rapport au corps.

Une Troupe en bataille peut montrer les Soldats qui la compose, disposés de deux façons , ou pressés dans leurs files & se touchans les uns les autres , tant devant que derriere , ce qui s'appelle serrer à la pointe de l'épée ; ou bien , les Soldats font serrés dans leurs rangs & se touchans des côtés, c'est ce qui , comme j'ai dit , a fait donner à cette pofition le nom de Manche.

Les Piquiers n'étoient pas toujours dans le centre : cette section, quand il en étoit besoin , se partageoit en deux & venoit occuper les ailes du Bataillon , alors les deux sections de Mousquetaires , en se rapprochant l'une de l'autre , n'en formoient plus qu'une , qui se trouvoit flanquée de deux demi-Manches de Piquiers.

La maniere de couper un Corps

N iv

par Manche, demi-Manche & quart-
de-Manche, se trouvant bonne &
commode pour pouvoir faire aisément changer ce Corps de forme,
le faire défiler, & en pouvoir faire
mouvoir des portions, sans l'ébranler en total, a fait qu'elle s'est con-
servée ; & pour donner un exemple
de ce qu'elle peut opérer, quand
il s'agit de rompre un tel Corps,
& de le mettre en colomne, on s'y
prendra de la maniere suivante.

Supposé qu'on ait à faire défiler
une Troupe qui sera de quatre cens
quatre-vingt hommes rangés en bataille sur quatre rangs, ces rangs
étant chacun de cent vingt hommes, on pourra d'abord les partager en trois sections ou Manches
entieres, qui étant mises l'une sur
l'autre, commenceront à former
une colomne de douze rangs de
chacun quarante hommes, & en
divisant ensuite ces rangs de quarante par demi-Manche, quart
de Manche, & même par demi-

quart de Manche, on réduira enfin la Troupe en colomne de qua-
tre-vingt-feize rangs, de cinq hommes par rang. On comprendra affez
comment beaucoup d'autres évolutions de cette efpece peuvent fe faire, par la méthode que je viens de
décrire, fans qu'il foit befoin que
je m'étende davantage fur cela ; la
plûpart de ces évolutions étant fçues
de tous les Officiers, & même des
Sergens.

    Il faut entendre que les divifions
d'un corps d'Infanterie par Manches & demi-Manches, ne font
qu'accidentelles : elles n'ont été imaginées que pour durer feulement le
tems que l'on a befoin de faire faire
à une Troupe qui eft fous les armes
toutes les évolutions qu'elle eft capable de faire ; car, indépendam-
ment de ces divifions momentanées,
chaque Troupe, tant d'Infanterie
que de Cavalerie, en a de permanentes, dont je parlerai bientôt.

    Le terme de Manche a fans dou-

te été mis en usage pour désigner
plusieurs petits Corps, qui, quoique
joints ensemble, les Soldats des uns
touchans les Soldats des autres (ce
qui les montre être Manche contre
Manche) peuvent néanmoins se sé-
parer tout-à-coup par des évolutions
subites, qui font qu'un de ces petits
Corps peut agir, sans que les autres
s'ébranlent, chacun d'eux pouvant
se mouvoir sur un plan particulier,
pendant que la Troupe qu'ils composent ne changera point de forme
en totalité, si l'on ne le veut.

Les Grecs & les Romains ont dû
avoir quelque terme synonyme au
nôtre de Manche, pour désigner
aussi les petites portions accidentelles ; à quoi ils réduisoient, les
uns, leur Phalange, & les autres
leur Légion, quand il étoit question
de faire faire à ces gros Corps de
semblables évolutions, que nous
faisons opérer à nos Bataillons di-
visés par Manches.

Une Phalange qui à la vue pa-

roiſſoit être un Corps lourd, & n'ê-
tre propre qu'à deux manœuvres :
l'une, d'enfoncer ce qui lui étoit op-
poſé en l'accablant de ſon poids ; &
l'autre, d'être impénétrable, étoit
néanmoins propre à en faire d'autres
auſſi fines & légeres, qu'en pourroit faire préſentement le Bataillon
le mieux exercé. Il eſt vrai que la
plûpart de ces manœuvres s'exécutoient plus dans l'intérieur de la
Phalange qu'à ſon dehors, ce Corps
ne paroiſſant propre par ce dehors,
qu'aux deux manœuvres que je viens
de dire, qui étoient celle de l'attaque & celle du ſoutien. Il ne ſera
donc pas inutile que je faſſe un peu
connoître quelques-unes des évolutions fines qu'une Phalange étoit
capable de faire, ſur-tout de celles
qui ſe paſſoient dans ſon intérieur.

Une Phalange marquée par diviſions, quoique ces diviſions ſe
touchaſſent *Manche à Manche*, cela
n'empêchoit pas que chacune d'elles, par une adreſſe admirable, ne pût

faire des évolutions contraires à celles que pouvoient faire ses voiſines, & tous ces mouvemens oppoſés de chacun de ces petits Corps s'exécutoient dans l'intérieur du Gros entier, ſans qu'il parût aucun dérangement à l'extérieur de celui-ci, que ce que pouvoit produire les deux mouvemens, l'un d'*Extenſion*, & l'autre de *Reſtriction*, dont j'ai déja parlé.

Le premier de ces mouvemens étoit, quand une Phalange placée ſur un vaſte terrein, s'élargiſſoit plus qu'à ſon ordinaire, afin que les Soldats qui la compoſoient, ne fuſſent pas ſi preſſés qu'ils y étoient de coutume ; & le ſecond de ces mouvemens paroiſſoit, quand cette Phalange ſe trouvoit ſur un terrein étroit, ou qu'elle cherchoit à raſſembler & à concentrer ſa force, pour, dans l'attaque, tomber plus vioꞁemment ſur ce qui s'oppoſoit à elle, alors la Phalange ſe montroit dans le plus petit volume où elle pût être réduite. Une Phalange , par les deux vues opposées où elle pouvoit se montrer à son dehors , pouvoit être comparée à un corps propre à être soufflé , qui s'enfle & défenfle, comme l'on veut ; elle avoit befoin d'être douée de ces propriétés op-posées , non feulement pour avoir plus ou moins de front , à propor-tion qu'elle étoit obligée d'en pré-fenter aux Ennemis , qu'elle avoit en-dehors d'elle ; mais encore pour pouvoir mieux réfifter à ces mêmes Ennemis , quand ceux-ci parve-noient à s'introduire au-dedans d'elle.

On apprend par les Hiftoires quel étoit le ravage que faifoient les Chariots de guerre qui parvenoient à ouvrir une Phalange , & à s'in-troduire dans elle.

Quand ces Chariots , en atta-quant le Corps que je dis , venoient à s'y faire jour , le carnage qu'ils y faifoient ne pouvoit s'éviter qu'en mettant les divifions de ce Corps en pouvoir des'ouvrir & de laisser entre elles des issues ou chemins en tous sens, pour que ces Chariots ne pussent les entamer ; ces chemins ne pouvoient se faire (attendu que les Soldats de chacune de ces divisions ou Manches touchoient aux autres Manches qui l'avoisinoient) qu'en fourrant ou introduisant une Manche dans une autre, c'est-à-dire, qu'en faisant entrer les rangs d'une Manche entre les rangs d'une autre: de cette façon deux Manches se doubloient, & n'en faisoient plus qu'une, & des rangs ainsi doublés montroient des Soldats serrés à la pointe de l'épée : mais pour mieux faire comprendre comment de telles manœuvres pouvoient se faire, décrivons-en quelques-unes.

Je suppose qu'une Phalange eût été marquée pour être divisée en vingt Manches, lesquelles eussent été rangées cinq de rang ou de front, & cinq de files ou de hauteur ; cela posé, en faisant entrer

es cinq Manches de files , qui forment le second rang des Manches
de front, dans les cinq Manches
de files qui forment le premier rang
des Manches de front , & en faifant
entrer de même les cinq Manches
de files du quatriéme rang des Manches de front, dans le troifiéme rang
de ces Manches de front , foit que
l'évolution fe fît par la droite ou
par la gauche , cette Phalange alors
fe feroit trouvée former trois colomnes , laiffant entre elles deux
chemins ou rues perpendiculaires
à fon front ; & fi une femblable in-
troduction de Manches dans Manches fe fût faite dans le contraire de
celle que je viens de décrire , cette
même Phalange fe feroit alors trouvée former trois fections ou lignes ,
qui pofées les unes fur les autres,
auroient auffi laiffé entre elles deux
chemins ou iffues, paralléles au front
de corps, & tout cela pouvoit s'exécuter , fans que la quadrature ex-
térieure d'une Phalange où fe feroit

fait semblable manœuvre, souffrît aucune altération de forme.

Le spectacle étoit curieux, de voir des Corps s'emboëter les uns dans les autres, ensuite se dégager, reprendre leurs places, se serrer de la tête ou de la queue, ou bien des flancs, & cela, pour laisser des vuides entre eux & tout autour d'eux : de voir dans une partie de Phalange des rangs ouverts, tandis que dans d'autres parties ces rangs étoient serrés : de voir des Soldats faire en même tems face de plusieurs côtés, & les Soldats de deux divisions voisines l'une de l'autre, se trouver face à face, ou se tourner le dos. Pourroit-on faire faire quelque chose de plus présentement aux Soldats les mieux disciplinés.

Toutes ces Voltes devoient se faire avec mesure & justesse, autrement la confusion s'en seroit ensuivie, & une Phalange étant en confusion, & ayant l'Ennemi dans son sein, auroit été plus aisée à défaire qu'une

qu'une Légion Romaine , une partie de celle-ci pouvant être battuë,
fans que le refte le fût, attendu la
diftance qui fe trouvoit entre chacune des Cohortes qui la compofoient.

Les divifions d'une Phalange mifes une fois les unes dans les autres,
pour ouvrir des iffues dans les corps
dont elles faifoient parties , elles
n'étoient pas pour cela quittes de la
fureur des Chariots; les Phalangiftes
étoient contraints de faire d'autres
manœuvres défenfives , appellées
Tortues , parce que les Chariots in-
troduits dans la Phalange ne fe
contentoient pas des paffages qui
leur étoient ouverts , ils tâchoient
de forcer quelques portions féparées
de cette Phalange pour y entrer ,
& interrompre leur réunion à d'autres , ou en leur tout , comme cela
fe faifoit quand le péril des Chars
étoit paffé.

Pour parer à ce qui étoit à craindre , les Soldats faifoient d'abord

ce qui s'appelloit *Tortue en Muraille*, qui confiftoit à arranger les boucliers de façon, que les deux côtés d'une coupure interne de Phalange qui fe trouvoit parcourue par les Chars, paruffent comme bordés de murailles, à quoi étoit propre cette pavoifade : mais comme fouvent cette premiere Tortue ne fuffifoit pas, les Phalangiftes étoient obligés d'en faire une autre appellée *Tortue en Toit* ; dans celle-ci chaque Soldat fe mettoit fon bouclier fur la tête, & cela, parce que les Chariots de guerre continuant à parcourir l'intérieur de la Phalange entamée, venant à ne pouvoir forcer la Tortue en Muraille, s'élançoient de telle vigueur contre la divifion qui lui oppofoit fes Pavois, qu'ils fe trouvoient deffus, & couroient fur la Tortue en Toit pour tâcher de l'écrafer, en quelque endroit qui fe pouvoit trouver plus foible que les autres.

La chofe étoit finguliere, de voir

des Chariots courir fur les têtes
d'un monceau d'hommes, qui, pour
fe garantir d'effondrer fous des forces qui pouvoient aifément les ac-
cabler, s'ils n'euffent bien manœu-
vré de concert, n'avoient que la
reffource de leur bouclier fur leur
tête, & de faire enforte que ces
boucliers fuffent fi bien joints les
uns aux autres, qu'ils puffent former
un plancher folide. Il eft vrai qu'ils
pouvoient donner à leur ouvrage
la folidité néceffaire, étant très-
ferrés les uns aux autres, & de
rangs & de files ; mais auffi il falloit être bien exercé pour pouvoir
faire femblable manœuvre, avec la
juftesse & la promptitude qu'elle requeroit pour ne la pas manquer.

Les évolutions anciennes étoient
belles & fçavantes : fi on réfléchif-
foit deffus, peut-être conviendroit-
on qu'on auroit de la peine à en
faire faire de pareilles à nos Soldats ;
& que les Exercices d'à préfent font
peu de chofe, en comparaifon de

ceux que faisoient les anciens Militaires. Il est étonnant qu'un Corps aussi gros & aussi pesant que paroissoit être une Phalange, fût capable d'exécuter les évolutions fines & variées qu'elle faisoit : la Légion Romaine n'en exécutoit pas de plus sçavantes, quoique les divisions, bien écartées de celle-ci, lui fussent plus favorables à lui en faire produire qu'à la Phalange.

Je doute que nos Officiers les plus experimentés, en partageant un Bataillon en tel nombre de divisions qu'ils voudront, leur puissent faire faire un si grand nombre d'évolutions intérieures & indépendantes les unes des autres, soit en les faisant passer du centre aux ailes, des ailes au centre, & de la tête à la queue, sans que cela porte aussi peu de dérangement au total de ce Bataillon, que de semblables mouvemens n'en portoient au total d'une Phalange, l'extérieur de laquelle ne paroissoit presque pas participer à ce qui se passoit au-dedans d'elle; c'est ce qui me l'a déja fait comparer à une Machine *Pneumatique*: Je l'aurois encore pu comparer à un Tourbillon qui en contient en lui plusieurs autres, & qui se mouvant chacun séparément par des évolutions contraires, ne cause néanmoins aucun ébranlement, ni aucune altération sensible dans la forme du Tourbillon qui les contient.

Les Anciens avoient poussé bien loin l'habileté pour les évolutions de Guerre, & à l'égard de la formation des Corps, nous ne pouvons en former qu'ils n'ayent aussi formés. L'Ordonnance en Phalange, depuis son invention, n'a pas cessé d'être de mode; César la faisoit prendre quelquefois à ses Légions; & nos gros Bataillons quarrés sont des especes de Phalanges. Ce qui est bon dans une science se conserve toujours; l'Ordonnance que gardoit une Légion ayant aussi son bon, la mode en est revenue.

& de même que le Bataillon quarré n'est qu'une Phalange : notre Ordonnance en quinconce n'est aussi qu'une imitation de la maniere dont étoient rangées pour une bataille les Cohortes d'une Légion.

L'explication du terme de *Bataillon*, (que j'ai déja dit être un diminutif de celui de *Bataille*, qu'a toujours porté la partie d'une Armée qui en fait le centre & la force) me conduit à donner aussi l'explication des termes de *Regiment*, de *Bandes*, & de *Compagnie*, & même de m'étendre sur ce que signifioit le terme de *Werr*, qui a produit celui de *Guerre*.

L'origine de ces choses mérite d'être recherchée : elles me conduiront à montrer comment se levoient autrefois les Armées, tant en France, que chez les Romains.

Par le terme de Compagnie, on sent assez que c'est de l'union de plusieurs Compagnons d'armes ramassés ensemble pour faire un même service , qu'il vient.

A l'égard du Regiment, entre plusieurs termes qui peuvent avoir produit l'étymologie d'un tel Corps ,
il sembleroit qu'on devroit préférer
à tout autre celui de *Régie* , venant
du latin *Regere* & *Gubernare* ; un
Regiment étant régi & gouverné
par son Colonel ; néanmoins je pré-
férerois pour cette étymologie le
mot françois de *Regime* , produit
du latin *Regimen* ; le mot de Regime est usité dans la Physique , pour
exprimer un Corps composé de plusieurs autres ; les Oeufs qui sont par
paquets dans les animaux , sont des
regimes ; les Plantes qui portent
leurs fruits en grappes , telles que
le Palmier - Dattier & la Vigne ,
ces grappes sont des regimes ; les
Etoiles qui sont au Ciel forment
entre elles des regimes , & chaque
Constellation en est un ; *Cœli enar-
rant gloriam Dei.*

L'usage étant venu de joindre
plusieurs Compagnies Militaires

pour en faire un Bataillon, quoique ce Bataillon ne reftât Corps que
jufques à ce que l'action qui en avoit
occafionné la formation eût eu fon
effet, néanmoins tant que ces Compagnies reftoient enfemble, on les
pouvoit dire être *enregimées*, & elles
ne l'étoient plus, lorfque défunies,
elles redevenoient comme aupara-
vant troupes indépendantes les unes
des autres. (J'évite exprès de dire
enregimentées, pour que l'on fente
mieux l'étymologie que je hazarde)
mais dans la fuite, comme l'on
détermina de ne plus féparer les
Compagnies une fois mifes en Regime, & que par - là elles ne firent plus qu'un corps, fous la régie
d'un Officier appellé Meftre de
Camp, un Regime de Compagnies
prit alors le nom de Regiment, &
n'en a plus changé.

Les Corps confidérables qu'a-
voient autrefois les François, &
qui pouvoient être comparés aux
Efcadrons & aux Bataillons d'à préfent,

sent, se nommoient *Turmes*, pour de la Cavalerie, & *Caterve*, pour de l'Infanterie ; ceux des Allemands s'appelloient *Hourtes*, & ceux des Flamands *Terses* : J'expliquerai ces termes.

Lors de la création des Régimens, les Commandans de ces Corps prirent le nom de *Mestre de Camps* ; ils ont présentement celui de *Colonel* : lorsqu'ils n'étoient que Mestres de Camps, ils étoient les seuls Officiers Généraux qu'il y eût dans l'Armée, & ils ont pris le nom de Colonel ; par la raison qui suit.

Une Armée qui ne marche point en *Front de Bandiere*, ne pouvant marcher que par Colomnes composées chacune de plusieurs Regimens, les Commandans de ces Corps qui rouloient entre eux pour le commandement de chaque jour, ainsi que font présentement les Officiers Généraux, ces Officiers, dis-je, ne pouvant manquer de commander

P

chacun à leur tour la Colomne où
leurs Regimens se trouvoient ; de
là ils prirent le nom de *Colonel*, autrement ils auroient été appellés *Re-*
gimentaires ; il y a des Officiers
de ce titre en Suéde, en Moscovie
& en Pologne : dans ce dernier
Royaume, le Grand Regimentaire
est à peu près ce qu'étoit autrefois
en France le Colonel Général de
l'Infanterie.

J'ai dit que les Colonels, avant
de prendre ce titre, avoient celui
de *Mestre de Camps, Magister Exer-*
cituum ; cela acheve de montrer
qu'ils furent d'abord les premiers
Officiers d'une Armée ; ce nom de
Mestres de Camp qu'ils portoient,
marque le droit qu'ils avoient de
rouler alternativement entre eux
pour le commandement journalier
de l'Armée, & d'être les Lieutenans immédiats du Général. Depuis
le siécle passé, qui a fait paroître
ce qui s'appelle présentement Lieutenans Généraux & Maréchaux de

Camp, les Colonels ne font plus
Officiers Généraux ; ils ne tiennent à préfent que le quatriéme degré
pour le rang entre les hauts Officiers ; les *Brigadiers* d'armées les
précédent, depuis qu'on a pris l'u-
fage de joindre plufieurs Régimens
pour en compofer ce qui devroit
s'appeller *Grande Brigade.*

Les Meftres de Camps ou Colonels ont cédé le pas aux Maréchaux
de Camps, qui ont paru fous Louis
XIII. & ceux-ci à leur tour ont
cédé ce pas aux Lieutenans Généraux, qu'on a commencé à connoître fous Louis XIV. Et pour les
Brigadiers, avant que les Officiers
de ce nom fuffent en titre, ce qui
n'eft auffi arrivé que fous Louis
XIII. il y avoit de Grandes Brigades. On fit les Corps de ce nom,
pour, par leur moyen, en avoir de
plus gros que les Regimens & les
Bataillons. Une Brigade d'armée
a quelque rapport à ce qu'étoit la
Légion Romaine; & lorfqu'on com-

P ij

mença à *embrigader* les Régimens,
à l'imitation de ce qui se faisoit
quand on *enregimentoit* les Bandes
pour une Campagne seulement,
c'étoit le plus ancien Mestre de
Camp qui fût dans la Brigade qui
étoit Brigadier, tant que duroit la
Campagne, & ensuite sa dignité
de Brigadier cessoit.

Il y avoit bien des Maréchaux
de Camps avant Louis XIII. mais
les Officiers de ce titre ne répondoient point à ceux qui aujourd'hui
portent ce nom. Les anciens Maréchaux de Camps étoient des Mestres
de Camps, qui par ancienneté sur
leurs semblables, ou par choix qui
étoit fait d'eux, faisoient la fonction
de ranger les Bandes dans les Campemens, pendant que d'autres Mestres de Camps, sous le titre de *Sergent de Bataille*, faisoient celle de
ranger ces mêmes Bandes pour le
combat. Ces deux sortes d'Officiers
étoient des *Majors Généraux*, &
faisoient les mêmes fonctions de nos

Inspecteurs d'aujourd'hui.

Compagnie & Bande font des termes fynonymes : les Compagnies qui forment les Regimens fe font appellées autrefois *Bandes :* ce terme venoit de celui de *Banniere*, à caufe de l'Enfeigne qui étoit en chacune de ces Bandes ; & la Banniere venoit du terme de *Bann* ou *Ban*, qui en vieil Allemand exprimoit différentes chofes, felon que l'ont remarqué les Jurifconfultes : *Ban*, fignifioit entre autres la publication qui fe faifoit à voix haute d'une ordonnance ou d'un commandement émané d'une autorité fouveraine.

Or, par rapport au fujet que je traite, il convient de fçavoir, que par les conftitutions primitives de chaque peuple, tout homme dans l'âge de porter les armes, les devoit porter, quand il étoit befoin de défendre fa patrie. Dans les premiers tems du monde, les peres de familles qui avoient une autorité fouveraine fur

leurs enfans & fur leurs domeſtiques,
ſe ſervoient de ces ſortes de perſonnes, & s'en compoſoient de petites
armées, quand ils étoient obligés
d'en venir à une guerre; cet exemple fut ſuivi quand il y eut des Dominations formées; il y a encore
des Peuples qui vont tous à la guerre, & qui ne laiſſent pour la garde
de leurs foyers, que les vieillards,
les femmes & les enfans; mais comme cette conduite ne peut manquer
d'apporter de grands inconveniens,
les terres demeurant ſans culture,
faute de gens pour les travailler, la
maxime des Peuples ſages, tels que
furent entre autres les Romains,
n'étoit que d'employer à la guerre
une partie de leurs ſujets, ceux qui
leur paroiſſoient les plus propres à ce
métier. Ils faiſoient des aſſemblées
nationales, quand il s'agiſſoit d'au-
toriſer ce que le Sénat avoit arrêté
de faire pour le bien public; ces aſſemblées s'appelloient *Comices*, &
c'étoit-là qu'ils enrolloient leurs ci-

çoiens pour en composer les Légions, qu'une guerre qu'ils avoient
à entreprendre ou à soutenir les
obligeoit à lever. Toutes les *Tribus*
ou *Curies* qui comprenoient le total
du peuple étant assemblées en Comices, l'action d'en venir aux enrollemens commençoit par la publication qu'un *Præco* ou Héraut faisoit
de ce qui s'alloit faire.

Il y avoit deux manieres de faire
les levées : l'une étoit l'ordinaire,
faite en vertu de la loi qui soumet-
toit tout homme d'un certain âge au
Service militaire ; l'autre levée étoit
l'extraordinaire : celle-ci avoit lieu,
lorsque par la levée ordinaire on
n'avoit pas suffisamment de soldats,
& qu'il étoit besoin d'en avoir davantage.

La levée extraordinaire, nom-
mée encore *Evocation*, se faisoit ainsi : un Orateur monté sur la Tribu-
ne aux Harangues, après avoir fait
connoître la nécessité où l'on étoit
de mettre sur pied de nouvelles Lé-

gions, & après avoir exalté le mérite qu'auroient ceux qui s'engage-
roient pour la Guerre, qui étoit cause de la levée qui s'alloit faire, laiſſoit le ſoin à deux des principaux
Officiers nommés pour commander
les nouveaux ſoldats, d'achever la
cérémonie ; ceux-ci déployoient
alors deux Drapeaux & crioient,
Que ceux qui aiment le ſalut de la
République, ne tardent pas à ſe join-
dre à nous. L'un de ces Drapeaux,
de couleur rouge, étoit la marque
de l'Infanterie, & l'autre de couleur bleue étoit la marque de la Cavalerie, & on laiſſoit aux ſujets qui
vouloient bien s'enroller par pur
zéle, la liberté de choiſir un ſervice conforme au goût de chacun
d'eux : ainſi les uns ſe rangeoient
ſous le Drapeau de l'Infanterie, &
devenoient par-là Fantaſſins ; &
les autres, en ſe rangeant ſous le
Drapeau de la Cavalerie, devenoient Cavaliers.

Quant à la levée ordinaire où

chaque citoyen étoit obligé de se soumettre à l'appel qui pouvoit se faire de sa personne, en vertu de la loi : elle se faisoit de la maniere suivante.

Toutes les Tribus étant dans le lieu des Comices, il y avoit un endroit particulier dans le même lieu où chacune de ces Tribus entroit à son tour, selon le rang que le sort donnoit à chacune d'elle, pour y souffrir l'opération qui suit.

Une Tribu entrée, un Crieur public appelloit à haute voix quatre personnes de la premiere classe de cette Tribu, & le premier Tribun militaire d'entre tous ceux de ce grade pour commander dans la Légion qui s'alloit lever, prenoit pour soldat l'un des quatre appellés ; ensuite le Crieur recommençoit l'appel de quatre autres personnes de la même classe, d'entre lesquels quatre le second Tribun venoit à son tour choisir un soldat, & cet appel se recommençoit dans

cette premiere claſſe de Tribu , juſques à ce que tous les Tribuns de
la Légion qui ſe levoit, euſſent chacun un ſoldat pris dans cette premiere claſſe , & la même choſe ſe
faiſoit en chacune des autres claſſes
de cette premiere Tribu.

Cette manœuvre faite , la Tribu
décimée ſortoit, & une autre Tribu
prenoit ſa place pour ſouffrir la même opération. C'eſt ainſi que ſe levoient ces Légions formidables ,
dont trois ou quatre ſuffiſoient pour
compoſer une armée , leſquelles Légions eurent leur nom du verbe *Le-*
gere, pour montrer qu'elles n'étoient
remplies que de citoyens choiſis &
appellés.

Les Romains ſe ſoumettoient
d'autant plus volontiers à ces ſortes
d'enrollemens, qu'outre l'obligation
qui les y contraignoit , les conſtitu-
tions de l'Etat étoient telles, qu'elles
ne leur permettoient point de bri-
guer aucune charge conſidérable ,
ſoit de guerre ou de magiſtrature ,

qu'ils n'euſſent ſervi à l'Armée le nombre d'années preſcrites par les loix.

Cet uſage d'avoir dans un Etat une Milice citoyenne, a pu faire penſer aux François, après leur établiſſement dans les Gaules, & en inſtituant les Fiefs, d'avoir, au moyen de la ſujétion impoſée aux poſſeſſeurs de ces Fiefs, & à l'exemple des Romains, une Milice toujours prête pour le ſervice de l'Etat, & ce même uſage a encore pu faire penſer à nos Peres, depuis qu'on ne s'eſt plus ſervi que rarement de la Nobleſſe, ni en *Ban*, ni en *Arriere-ban*, d'avoir à la place une Milice d'Infanterie, fournie par les Paroiſſes du plat pays, laquelle Milice n'eſt pour demeurer ſur pied, que tant que dure la néceſſité qui a obligé de la lever, après quoi elle eſt licenciée, de même que l'étoit la Milice Bourgeoiſe de Rome. Notre Milice d'à préſent a quelque rapport avec la Milice des Communes,

qui a subsisté jusques à Charles VII.
Cette Milice Commune, fournie par
les Villes, ne servoit qu'une campagne ; chaque année il en falloit
lever une nouvelle, & après son li-
cenciment il ne restoit plus d'autre
Infanterie dans le Royaume que des
soldats étrangers, que les Rois prenoient à leur solde.

Les premiers François, de même que les Romains, devoient le
service militaire, à la seule différence que les Romains ne le devoient
qu'en conséquence de l'usage, &
qu'ils l'embrassoient souvent, sans
y être engagés par des récompenses reçues ou attendues, au lieu
que les François servoient comme
possesseurs de terres, que l'Etat
ne leur avoit cédées qu'à cette condition.

Les François avoient aussi leur
maniere pour l'assemblée du Militaire. Quand on avoit déterminé
de faire la guerre, l'ordre en étoit
envoyé aux Ducs & aux Comtes

qui gouvernoient les Provinces & les Villes, pour qu'ils euffent chacun réciproquement à fatisfaire à la détermination. La publication provinciale de l'ordre de la Cour fut proprement ce qui s'appelloit *Ban*; on y procédoit de cette maniere: L'ordonnance adreffée à l'un de ces Ducs ou de ces Comtes (portant qu'il feroit affembler tous les gens de fon diftrict qui devoient le fervice de guerre, pour être prêts à marcher à jour nommé au lieu où fe devoit former une armée) étoit lue & affichée publiquement: en même tems le Gouverneur faifoit arborer fa Banniere ou celle de fon Gouvernement fur le donjon, fur une tour, ou fur la principale porte de l'endroit qu'il occupoit; cette cérémonie s'appelloit mettre le Ban, *Ponere bannum*.

Turnus fe préparant à faire la guerre aux Troyens arrivés dans le *Latium*, fit planter le fignal de guerre fur la Forterefle de Laurence, & fit fonner de la Trompette.

> *Ut belli fignum Laurenti Turnus*
>   *ab arce*
> *Extulit, & rauco ftrepuerunt*
>   *cornua cantu.* (Eneïd. l. 8.)

Pendant le tems qui s'écouloit depuis la pofition du *Ban*, jufques au
jour qu'il devoit être levé, c'eft-à-
dire, jufques au tems marqué, où
tous les Militaires du diftrict devoient être affemblés pour fe mettre en marche & aller former l'armée ; ces Militaires (qui étoient
tous les Vaffaux & arriéres-Vaffaux
compris dans ce diftrict) ne cef-
foient d'arriver; il y avoit des amen-
des pour ceux qui n'arrivoient pas
affez tôt, afin d'être exercés ; &
ceux qui n'arrivoient point du tout,
étoient *bannis*, c'eft-à-dire, portoient la peine ordonnée par le *Ban*
pour cette forte de faute, qui étoit
la perte du Fief que l'on poffédoit,
ou la faifie des fruits de ce Fief ;
chaque Vaffal de conféquence ame-

noit sous sa Banniere particuliere
les Vassaux qui relevoient de lui ;
car chaque Suzerain avoit droit de
poser aussi dans sa terre son Ban
particulier.

Tous les Fieffés formoient la Cavalerie, & pour l'Infanterie c'étoit
des Habitans des Villes , que ces
Villes fournissoient , sous le nom de
Milice des Communes , ou de Milice des Francs-Archers : enfin , le
jour du départ des troupes d'un di-
strict assemblées par le Ban étant
venu , & toutes ces troupes , tant
de Cavalerie que d'Infanterie, étant
mises par bandes , se *Ban* se levoit,
c'est-à-dire , que le Gouverneur se
mettoit en marche avec sa Banniere
qui précédoit toutes celles des Bandes soumises à son commandement ,
& ce Gouverneur se rendoit avec
tout son monde au lieu où se devoit
former l'Armée entiere : la chose
ainsi exécutée , l'Armée étant formée du contingent de chaque Gouvernement où le Ban avoit été posé,

le Général que la Cour nommoit pour commander cette Armée s'y rendoit, & alors la Banniere Nationale paroiſſoit dans cette Armée pour dominer ſur toutes les autres. Les Rois commandoient quelquefois l'Armée en perſonnes, mais le plus ſouvent, ou quand il y avoit pluſieurs Armées ſur pied à la fois, ils nommoient un Officier d'expérience pour commander chacune d'elles. Chaque Race de nos Rois a eu un Officier ſpécialement deſtiné à commander en chef les Armées : ſous la premiere Race, ce fut le *Maire du Palais* ; ſous la ſeconde, c'étoit un *Duc* ; & ce Duc, en vertu du pouvoir que ſa Commiſſion lui donnoit ſur tout le Militaire, pouvoit, tant que duroit cette Commiſſion, ſe qualifier de *Duc de la Nation.* Robert le Fort, Comte d'Anjou, fut Duc des François, pour avoir été Général d'une Armée dans les Marches Armoriques. Enfin, ſous la troiſiéme Race de nos Rois, le

Commandant

Commandant ordinaire des Armées étoit le Connétable , & ce sont présentement les Maréchaux de France qui ont ce commandement , quand il ne plaît pas au Roy de mettre au-dessus d'eux un *Généralissime* , ou un *Maréchal Général des Camps* ; deux Commissions qui ont paru depuis la suppression de l'Office de Connétable , lesquelles donnent à ceux qui les ont, & tant qu'elles durent , la même autorité dans les Armées & sur les Militaires qu'avoient les Connétables.

Les choses restérent à peu près dans cet état , par rapport à la maniere d'assembler les Armées , jusques au tems où j'ai fait commencer le quatriéme âge de la Tactique ; mais le Roy Charles VII. en dispensant , comme je l'ai dit , la Noblesse de son Royaume du Service Militaire réglé , qu'elle avoit fait jusques alors pour raison de ses possessions , & en créant des *Bandes de Gendarmes* , sous le nom de *Compa-*

Q

gnies d'Ordonnances, qu'il foudoya;
ce Roy laiffa aux Capitaines de ces
Compagnies le foin de les complé-
ter & recruter, par le moyen des enrollemens volontaires; & depuis l'u-
fage de nommer *Bandes* les divifions
d'un plus gros Corps, fe perdit peu
à peu. Les divifions qui fe leverent
après le tems dont je parle, tant
celles de Cavalerie Légere que celles d'Infanterie, prirent le nom de
Compagnies : les Capitaines qui en
obtenoient le commandement, pour
fe faire honneur & honorer leur
Troupe, aimerent mieux leur donner un nom affecté à des Troupes
toutes compofées de Gentilshommes, telles qu'étoient les Compagnies d'Ordonnances dans leur
création, que de continuer de leur
laiffer porter celui de Bandes.

Les Compagnies d'Infanterie &
de Cavalerie ont fait pendant long-
tems chacun un corps féparé, comme je l'ai déja dit ; enfuite on a mis
en *Bataillon* les unes, & en *Efcadron*

les autres ; de ces Bataillons on en
forma fous François I. des Légions,
& fous Charles I X. on vit paroître
les Regimens : ces Regimens fe levoient de la maniere que j'ai montré
dans mes Marques Nationales à la
page 155 , ou bien on les formoit
des contingens en hommes que les
Villes du Royaume fourniffoient.

Comme je crois que le Livre que
je cite entre dans un fuffifant détail
fur la maniere dont fe font levés les
Corps dans les derniers fiécles , je
paffe préfentement à l'explication
du terme ancien , qui a produit notre mot de *Guerre.*

Les termes de *Werr* ou *Weff* (qui
font les mêmes) car l'on changeoit
aifément autrefois l'V confonne en
G , & l'on faifoit fuppléer l'S à l'R,
on prétend même que les Latins ont
été affez long-tems fans connoître
cette derniere lettre ; ces termes ,
dis-je , s'employoient autrefois chez
les Peuples qui en avoient l'ufage , à
l'expreffion de tout ce qui avoit de

la dignité & de la grandeur ; on les joignoit au titre d'une charge considérable, au nom d'un homme illustre, & à une vertu où à un sçavoir, tel que la science militaire : ils ont pu même servir dans leur origine à désigner le Dieu que les Nations du Nord reconnoissoient pour le plus grand de ceux qu'elles adoroient, ou au moins le Dieu que ces Nations reconnoissoient pour le protecteur ou le principal Patron des Guerriers, & peut-être l'un de ceux connus dans les Gaules sous les noms d'*Esus*, de *Bronton*, & de *Taranis*, lesquels Dieux, par le pouvoir qui leur étoit attribué, répondoient au *Jupiter le Toutpuissant*, ou le *Foudroyant*, & au *Mars* des Romains. Le terme de *Werr* avoit une si grande extension qui désignoit encore, 1°. L'action de la guerre. 2°. Un Chef de Troupe, ou un grand Capitaine. 3°. Et même tout homme en réputation de valeur & de générosité, ce que la Latinité ex-

primoit par le mot de *Vir*, bien différent de celui d'*Homo*, que la même Latinité employoit pour défigner l'homme vulgaire, qui n'a rien
au-deſſus de ſes ſemblables. Les anciens Allemands étant braves, &
par conſéquent vrais hommes de
guerre, furent pour cela appellés
par les Romains *Werr-mains*, ou
Gerr-mains, des deux mots unis de
Werr, Guerrier, & de *Mann*, Homme, qui aſſemblés vouloient dire
Hommes de Guerre, & n'eurent pas
ce nom de *Germains*, à cauſe qu'ils
étoient regardés comme les freres
d'origine des Gaulois, ainſi que
quelques Auteurs l'ont avancé.

Le même terme de *Weſſ* ou *Geſſ*,
déſignoit encore, & le long Javelot
qui étoit l'arme principale des Gaulois, & le Guerrier qui le portoit,
comme le dit Servius : *Pilum pro-*
priè eſt Haſta Romana, ut Geſſa Gal-
lorum, Sariſſa Macedonum, undè
& viros fortes Galli Geſſos voca-
bant, quòd hujuſmodi haſtis uteren-

tur. N'auroit-il pas pu se faire que ce mot de *Wass* convenable aux Guerriers, n'ayant point été altéré, auroit produit celui de *Vassaux*, propre à désigner un homme lié d'un devoir militaire, en même tems qu'il a produit celui de Guerre, qui désigne l'action à laquelle sert le Vassal?

Enfin, le mot de *Werr* avoit une si grande extension, qu'entrant dans une infinité de mots composés, tant des langues Celtiques & Germaniques, que d'autres langues anciennes, il peut seul éclaircir bien des choses avantageuses à l'Histoire.

Verrjongodumnus, & *Post-Wert*, deux Dieux des Gaulois, ausquels ceux qui ont traité des Divinités de cette Nation n'ont sçu donner d'emploi, pouvoient être le même Dieu de la Guerre, dont j'ai parlé, qui fut personnifié sous deux noms différens, pour désigner le pouvoir qu'il avoit sur deux actions différentes. Sous le nom de *Verjugodum-*

nus, il étoit le Dieu qui préfidoit aux Alliances que les Guerriers faifoient enfemble ; & fous le nom de *Poft-Wert*, il étoit le Dieu à qui on rendoit grace après le gain d'un combat.

Les Chefs de Guerre que les Germains & les Gaulois fe choififfoient, s'appelloient *Werr-Gobret* : ce nom compofé, par le premier terme qui s'y trouve, ne laiffe point à douter que dans fon entier il ne fignifiât un Général d'Armée. *Bello-Weff*, & *Sigo-Weff*, deux Capitaines fameux, qui porterent bien loin la réputation des armes Gauloifes, ne nous font point connus par les véritables noms qu'ils avoient, comme perfonnes privées, mais feulement par les noms qui marquoient ce qu'ils étoient en dignité. *Bel*, & *Sic*, en langue Phénicienne vouloient dire *Seigneur* : les Phéniciens avoient leurs Dieux *Baal*, *Belphégor* ; ceux de ce peuple qui furent s'établir en Efpagne, donnerent à ce pays des Rois qui joignoient à leurs noms propres celui de leur titre. L'Histoire nous parle d'un *Sic-Oris* , d'un *Sic-Anus* ; on prétend que c'est un *Sic-Eleus* qui a donné son nom à la Sicile. *Sicamin* étoit une Ville de Phénicie , qui tiroit son nom du Dieu ou Seigneur *Hamon* ; le mot de *Sic* , ainsi que celui de *Bel* ne signifioit donc qu'une dignité ; cela étant , les deux Chefs de Guerre Gaulois , qui furent la terreur de l'Italie & de la Grece , ne nous sont connus que sous le nom de *Seigneur de la Guerre*.

Les Sicambres, peuples de la Germanie , qui s'unirent avec d'autres pour former la Nation des *Francs* , tiroient leur nom d'un Brave , nommé *Amber* , élu par ce peuple pour leur *Sic* ou Seigneur , c'est-à-dire, pour les conduire à la guerre. Certains Auteurs traités présentement de Fabulistes , tels que *Wassebourg* & le *Maire de Berge* , qui ont avancé que les François avoient pris leur
nom

nom d'un *Francus*, étoient peut-être
moins fautifs que l'on ne penfe ; ils
n'ont fuivi en cela qu'une tradition,
fi univerfellement reçue de leur
tems, qu'elle valoit preuve ; ce que
ces Auteurs ont feulement fait , par
rapport aux Sicambres, c'eft que de
deux traditions , (l'une qui faifoit
venir ce peuple de cet *Amber*, dont
je parle , & l'autre d'une Héroïne
nommée *Cambra* ou *Cimbra*, qu'ils
font vivre quatre cens ans avant
JESUS-CHRIST, & autant ou environ avant le *Francus* qui communi-
qua fon nom aux François) ils ont
préféré la derniere à la premiere ;
je ne fçais s'ils ont eu raifon. Il eft
vrai que la Scythie , premiere demeure de nos Peres , a été un climat
également fécond en bons Guerriers & en Femmes , qui pour leur
courage & leur fçavoir fe rendirent
Illuftres ; les Grecs & les Romains
nous ont fait connoître beaucoup de
ces Femmes fortes , qui de la Scythie pafferent dans l'Afie & en Ita-

R

des Contrées ; d'autres devinrent Patrones d'*Arts* , & d'autres l'ont pu communiquer à des peuples : *Ardhuina* donna son nom au pays des *Ardennes* ; elle avoit aimé pendant sa vie la Guerre & la Chasse ; la Mort la rendit la Protectrice de ces arts. *Nehalenia*, habile dans l'Astronomie & dans la connoissance des Vents & des Marées , n'étant plus , fut révérée par les Nautoniers & les Pêcheurs des Côtes de l'Océan Belgique ; *Annoga*, *Akima* & *Runa* se mêlant de donner des conseils & de prédire l'avenir , furent ensuite les Pythonisses de leur pays : la derniere des trois fut l'inventrice des caractéres nommés à cause d'elle *Runiques*. Ce que je dis , appuiera la possibilité qu'un *Amber* , ou qu'une *Cambra* ont donc pu bien donner leur nom à la Sicambrie où ils avoient seigneurisé.

On voit par l'Ecriture que les premieres Peuplades qui parurent dans le monde , eurent leur nom

des Chefs de Dynaſtie dont ils venoient. *Heber* donna le ſien aux *Hé-
breux* ; *Iſmaël*, *Aſſur* & *Madaï*, donnerent le leur aux *Iſmaëlites* , aux
Aſſyriens & aux *Médes* ; cela étant ,
les traditions qui font venir les *Bel-
ges* d'un *Bel* , ou Seigneur nommé
Bavo ; les Sicambres , d'un autre *Sic*
ou Seigneur nommé *Amber* ; & les
François, d'un *Francus* ; même celle
de ces traditions qui fait venir ces
mêmes François des Troyens , ne
font pas à mépriſer : cette derniere
avoit déja cours ſur le déclin de la
ſeconde Race de nos Rois , & ſi
elle n'eſt pas entiérement vraie , elle
peut l'être en partie. Il a été néceſſaire que les François en s'établiſ-
ſant dans les Gaules la fiſſent valoir,
ſans cela ils auroient manqué de
politique : ils vouloient ſe confon-
dre avec les deux Peuples qu'ils
trouverent dans ces Gaules , & fra-
terniſant déja avec les Gaulois (l'un
de ces Peuples) pour l'origine *Scy-
the*, il fut de leur prudence de cher-

R iij

cher à en faire de même avec l'autre; & pour cela apprenant que les Romains se disoient venir des Troyens par *Enée*, les François n'eurent aussi qu'à se dire issus de ces mêmes Troyens, pour paroître moins étrangers aux yeux de ceux qu'ils dominoient.

Un vieil Manuscrit donné par le sçavant Pierre Pithou, s'exprime ainsi sur notre origine : *Ex genere Priami fuit Meroveus, qui genuit Childericum ; Childericus genuit Clodoveum, quem baptizavit sanctus Remigius.* L'Historien Wippon, en parlant de l'origine de la Maison de Lorraine, s'exprime à peu près de même. On voit par l'Histoire ancienne, que le Roy Priam, incertain du succès qu'auroit la guerre que lui faisoient les Grecs, envoya un de ses fils chez un Roy de *Thrace* son parent : le jeune Prince ne fit pas ce voyage sans suite, & d'autres Troyens, après le sac de leur ville, ont pu encore se retirer auprès de ce fils refugié : tous ces Troyens dûrent, après la perfidie du Roy de Thrace, s'éloigner de ce pays ; ils le firent & s'avoisinerent de la Côte du Pont-Euxin, où *Sesostris*, pour perpétuer le souvenir de ses conquêtes, avoit laissé une Colonie de ses Egyptiens. J'ai montré dans ma Dissertation sur les Enseignes Militaires des François, qui se trouve imprimée dans le Mercure de France, que parmi les Scythes qui vinrent dans la Germanie, & y prirent le nom de *Francs*, il devoit y avoir de ces Egyptiens ; il pouvoit aussi y avoir des Troyens, par la raison que je viens de dire. Ainsi notre sortie de ce dernier Peuple, par son mélange avec d'autres, est très-probable ; & dans les choses aussi obscures que celle dont il s'agit, la probabilité devient presque une preuve.

Ce sont les Historiens Romains qui nous ont fait connoître les anciens Peuples du Nord ; ces Historiens n'auroient-ils pas bien pu prendre le change, ignorer le véritable nom de ces Peuples, & ne nous les donner à connoître que fous le nom d'un Chef de chacun d'eux : par exemple, fi nos vieilles Hiftoires ne nous apprenoient fur quelles Nations régnoient *Attila* & *Alaric*, lorfque ces Chefs de guerre parurent dans les Gaules, n'auroit-on pas été obligé depuis de fe contenter d'appeller les gens conduits par ces Chefs, les uns les *Attiliens*, & les autres les *Alariciens*. Ainfi les François, peuple compofé d'un mélange d'autres, dont les noms font reftés inconnus, étant venus en différens tems de la Scythie dans la Germanie, conduits les uns par un *Amber*, & les autres par un *Francus*, auroient pu fi bien conferver le fouvenir de leurs Chefs de tranfmigration, que les Romains leur entendant répéter fouvent le nom & les actions de valeur de ces Chefs, auroient appellé *Sicambres* & *François* les Compagnons d'ar-

mes de ces Héros. L'Hiſtoire moderne offre quelque choſe de ſem-
blable , arrivée de nos jours ; les
Eſpagnols en conquerant l'Amérique ont nommé à leur fantaiſie des
Peuples , ſans s'embarraſſer de leur
conſerver leur véritable nom ; ils
ont nommé un Pays *Pérou* , &
en ont appellé les habitans *Péru-*
viens : cependant on convient qu'a-
vant la conquête des Eſpagnols le
nom de *Pérou* étoit totalement inconnu dans l'Amérique.

Les preuves que je donne que la
plûpart des Nations ont pris leur
nom des Chefs qu'elles ont eu , ap-
porteront peut-être un peu reméde à
la manie grammaticale qui nous poſ-
ſéde depuis le ſçavant Bochard :
nous ne cherchons préſentement à
expliquer les endroits obſcurs de
l'Hiſtoire ancienne , qu'au moyen
des mots pris des Langues mortes ;
mais ces mots ont-ils bien eu véritablement la ſignification qu'on leur
prête ? Et comme on ne manque pas

encore de les altérer pour leur faire
dire tout ce qu'on a befoin qu'ils di-
fent: eft-on plus fûr de mieux rencon-
trer fur ce qu'on a avancé , à l'aide
de leur prétendue fignification , que
ne l'ont été les Auteurs que nous
méprifons aujourd'hui , quand pour
n'en point impofer ils s'en font
tenus à tirer des noms propres
d'hommes fameux ceux des Pays &
des Nations ? Je ne vois pas qui a le
mieux réuffi de ceux qui ont fait
venir les François de *Francus*, ou
de ceux qui tirent la dénomination
de ce Peuple d'un vieux terme qu'ils
expliquent par celui de *Libre* , pré-
tendant que les François fe dénom-
merent de ce terme , pour montrer
l'amour qu'ils avoient pour la liberté ; ces deux opinions me paroiffent également foutenables , & le
tems qui a apporté du changement
dans la maniere de penfer , peut
feul les faire prévaloir alternativement l'un fur l'autre. Peut-être dira-
t-on que j'ai fait dans cet Ouvrage,

ainſi que dans d'autres précédens, ce que je ſemble blâmer dans les imitateurs de Bochard ; mais peut-on réſiſter au goût du tems : il eſt des maladies dont un particulier ne peut guérir qu'avec le total de ceux qui en ſont attaqués. Je me contenterai ici de faire appercevoir celle que nous avons.

Je reviens encore à dire au ſujet des anciens perſonnages, dans les noms deſquels entroient les radicales de *Bel* & de *Sic*, que ces radicales étoient des qualifications de grandeur, ſpécialement affectées aux Guerriers du premier ordre ; auſſi *Hyginus* & d'autres Auteurs ont fait venir de la premiere les termes de *Bellonne* & de *Bellum*, ſignificatifs, l'un de l'action de la guerre déifiée, & l'autre de la même action, mais ſimplement & ſans déification : à l'égard de la qualification de *Sic*, elle n'a pas été ſi commune que le Pere Pézeron le donneroit à croire, ſi on ſuivoit l'idée qu'il a eue dans ſes An-

tiquités Celtiques , la faifant fervir
à la dénomination d'un peuple nombreux , tel qu'il fuppofe qu'étoit celui qu'il nomme *Sace* Σάχαι , mais les
titres de *Bel* & de *Sic* ne furent jamais fi communs; les Anciens étoient
autant réfervés à les conférer à ceux
qui méritoient de les avoir , que
nous & les Efpagnols l'ont été de
donner ceux de *Ber* , de *Sire* , de
Chevalier , de *Dom* , & de *Ric-Hom-*
bres , dans les tems que ces derniers
fe trouverent les feuls capables de
défigner les plus hauts & les plus
diftingués des Gentilshommes de
France & d'Efpagne.

Il faut donc n'admettre les deux
titres dont il eft ici queftion , que
pour avoir été propres à défigner
dans ceux où ils fe trouvoient joints
au nom propre , la fouveraineté ,
foit la réelle ou l'apparente , telle
que celle d'un Général d'Armée
qui a carte blanche pour le commandement.

La Déification que les Peuples du

Nord avoient fait de leurs Héros & de leurs Héroïnes, leur donna occafion, après qu'ils eurent adopté des cultes étrangers, de partager tous leurs Dieux en trois claffes : la premiere comprenoit les Dieux Symboles de la Nature, appellés pour cela *Elyones* les *hauts* ; la feconde, les perfonnes déifiées, & la troifiéme, les Dieux *Senones*, c'eft-à-dire, Etrangers. Ceux de ces Peuples du Nord, qui volontairement ou par force reconnurent les Divinités des deux fexes qui leur vinrent de l'Afie, de la Grece & de Rome, firent une claffe de celles-ci, & de celles d'origine ils en compofoient deux autres ; ils nommerent les Dieux de la feconde de ces trois claffes, fçavoir, les mafculins *Tautanes*, c'eft-à-dire, les Peres du Pays, de deux termes *Tau*, Pater, & *Tann*, Pays ; & les féminines, *Mairesses*, c'eft-à-dire, les Meres ou les Maîtreffes de la Patrie. Ce partage qui fembloit mettre les Dieux des Nations policées,

au-deffous des Dieux du Nord, parut fi injurieux aux Grecs & aux
Romains, que pour rendre à leurs
Divinités le rang que leur vouloient
ôter des Peuples qu'ils traitoient de
Barbares, ils appellerent les leurs,
les Dieux du Ciel, les Grands Dieux
& les Dieux des Nations, *Dii ma-*
jores Gentium, & qu'ils ne donnerent (par fimilitude du terme de
Tautanes) que le nom de *Titans*,
c'eft-à-dire d'Enfans de la Terre,
aux Dieux des Nations barbares ;
de-là vient la Fable qui fait combattre les Dieux du Ciel contre ces Titans. Les Dieux du Ciel fe retirent
en Egypte ; ils s'y transforment en
bêtes ; le courage leur revient enfuite ; ils remontent fur l'Olympe,
d'où ils foudroient les Titans : tout
cela font des allégories imaginées
par les Poëtes qui étoient les Hiftoriens des tems où les chofes que je
dis ont pu fe faire ; ces allégories
font aifées à expliquer : l'Egypte a
été le pays qui a fourni le plus de

Divinités à la Terre ; les Egyptiens ont été les premiers qui ont représenté leurs Dieux sous des formes d'animaux. La démarche qu'avoient fait les Nations barbares de séquestrer leurs Divinités d'avec celles des Peuples policés , sembloit tendre à faire tomber le culte de celles-ci, & par-là renvoyer ces Divinités en Egypte ; lieu d'où elles venoient ; pour à quoi remédier , les Nations policées employerent la force de leurs armes : Au moyen de leur conquête , leur *Polithéisme* s'étendit , prit le dessus sur celui des Nations barbares ; & voilà les Géans foudroyés que nous offre la Fable.

Les trois Parques , Divinité s autant connues que redoutées dans le Paganisme , furent mises par les Peuples du Nord au rang des *Déesses-Meres* , dont j'ai parlé : les fonctions auxquelles on les occupoit paroissant cruelles , on les compara à des Loups affamés & guerriers;de-là elles furent appellées *Werr-Wolphs;*

c'eſt de ce nom, & non pas à cauſe d'une maladie nommée *Licantropie*, comme on l'a avancé, que ſera venu la croyance qu'il y a des Eſprits, ou plûtôt des hommes *Loups-Garoux* qui courent le monde pour dévorer ceux qu'ils rencontrent : l'on aura pris la coutume, en voulant faire peur à quelqu'un, ou menacer ce quelqu'un de la mort, au lieu de lui dire ſimplement que la Parque finira ſes jours s'il ne change de conduite, de lui dire, en ſtyle figuré, qu'il ſera dévoré par un Loup-Garou.

Ce ſeroit me jetter dans une trop grande digreſſion, que d'entreprendre de parler de toutes les choſes de la Mythologie Payenne, qui regardent la Guerre, je reviendrai à parler des Offices Militaires exiſtans aujourd'hui ; mais comme il paroît quelquefois dans nos Hiſtoires des Officiers dénommés par les titres portés par nos Officiers Généraux d'à préſent, & que j'ai avancé que

ces

ces Officiers n'avoient commencé à paroître que fous Louis XIII. il eft bon d'expliquer comment des titres qui n'ont été créés que fous le Roy que je dis, ont pu être portés antérieurement à ce Roy.

Il faut fçavoir que depuis Henri II. qu'il y a eu des Meftres de Camps : ces fortes d'Officiers faifoient dans les Armées toutes les fonctions que font aujourd'hui les Lieutenans Généraux, les Maréchaux de Camps, les Brigadiers d'Armées, les Sergens-Majors de Bataille ; ils étoient même Commiffaires aux grandes Revues, c'eft-à-dire, Infpecteurs ; mais comme ils ne faifoient ces fonctions que par commiffion & pour une Campagne feulement, c'eft delà qu'ils ne prenoient que rarement les titres qu'ils auroient eu droit de prendre, s'ils avoient eu des Brevets d'*Hérédité* de ces titres ; je penfe même qu'ils auroient préféré de porter, & par préférence à leur titre réel de Meftre de Camp, ceux de leur Com-

S

miſſion, s'ils euſſent pu prévoir que
ce qu'ils n'exerçoient qu'acciden-
tellement, deviendroit par la ſuite
des grades plus excellens que ceux
dont ils étoient revêtus : ainſi la
Commiſſion de Maréchal de Camps
donnée à un de ces Meſtres de
Camps, n'étant qu'une choſe paſſa-
gere, ce n'eſt donc que par hazard
que dans un recit hiſtorique il eſt
qualifié de Maréchal de Camps,
puiſqu'il ne l'étoit que pendant ſix
mois, & qu'au bout de ce tems il ne
lui reſtoit plus d'autre qualité que
la ſienne ordinaire de Meſtre de
Camp.

Le tems dans la Guerre, comme
dans toutes autres choſes, apporte
de grands changemens; il fait baiſſer
quelques dignités, il en éleve d'autres, & en fait créer de nouvelles ;
l'Office de Connétable ſubordonné
dans ſon origine à celui de Grand
Ecuyer, étoit devenu la premiere
dignité de l'Etat, & au contraire
l'Office de Colonel, de premier qu'il

a été dans les Armées , n'y ayant
rien au-deſſus d'un Colonel que le
Général , n'eſt plus qu'au quatriéme
rang des hauts Officiers. Ce qui s'appelle préſentement Officiers Brevétés , mais d'un Brevet au-deſſous de
celui de Meſtre de Camps , comme
Capitaine , Lieutenant & Enſeigne,
offre encore une preuve du changement qui ſe fait avec le tems dans les
Emplois ; ces Offices que je dis ,
ont été plus conſidérables autrefois
qu'ils ne le ſont aujourd'hui : les
Capitaines ont été un tems où ils
n'avoient que deux grades au-deſſus d'eux , le Général & ſes Lieutenans les Meſtres de Camps ; de plus,
la force dont étoient les Compagnies , faiſoit de ces Capitaines ce
que ſont preſque aujourd'hui les Colonels : on a l'exemple d'Officiers
qui ont commandé des Corps de
quatre à ſix mille hommes , ſous le
ſeul titre de Capitaine : il eſt vrai
que de ſi gros Corps étoient de Troupes Etrangeres , ſoit Ecoſſois, Alle-

S ij

mands, Suiffes ou Italiens, que des
Gentilshommes de ces Nations amé-
noient au fervice de nos Rois, ce
qui a duré jufques fous Louis XIII.
que la Nation connoiffant fa force,
& fentant qu'elle pouvoit fe fuffire,
ne s'eft plus fouciée d'avoir des
Etrangers à fa folde, excepté des
Suiffes.

Si un Capitaine étoit autrefois un
homme auffi confidérable que je
viens de le repréfenter, fon Lieutenant, fon Soû-Lieutenant & fon
Enfeigne l'étoient à proportion, &
participoient à la grandeur de fon
Chef : le nombre des Officiers fub-
alternes étoit bien moindre qu'il ne
l'eft à préfent ; & fi de ces Subal-
ternes, Officiers néanmoins brevétés, on paffe aux Officiers non
brevétés que pour cela j'appellerai
Bas-Officiers, tels que font, pour la
Cavalerie les Maréchaux de Logis,
les Brigadiers & Soû-Brigadiers,
& pour l'Infanterie les Sergens, les
Caporaux & Anfpeffades ; ces Offi-

ces ont été auffi plus confidérables qu'ils ne le font préfentement , en voici la raifon.

Dans les tems que les Compagnies de Cavalerie étoient depuis cinquante jufqu'à deux & trois cens Maîtres , & que celles d'Infanterie étoient depuis cent jufques à quatre & cinq cens hommes , il falloit de néceffité qu'elles fuffent partagées par divifions , auffi l'étoient-elles ; & ces divifions que j'appellerai Permanentes , pour les diftinguer des divifions par Manches, qui n'étoient qu'accidentelles , s'appellerent *Brigades* , & ces Brigades fe foû-divifoient en *Soû-Brigades, Efcadres* & en *Quadrilles* , pour la Cavalerie ; & en *Briges* , *Terfes* & *Efcouades* pour l'Infanterie. Le terme de Brigade vient du Gaulois *Bridg* ou *Brag* , qui fignifioit une ville , un affemblage de gens , & même une figure quadrangulaire , telle qu'en peut former une troupe de Soldats mis en bataille. *Birfe* a fi-

gnifié en langue Punique une For-
tereſſe : les Romains uſoient des
termes de *Biges* & de *Quadriges*,
pour exprimer le nombre de Chevaux attelés de front aux Chars ;
les Biges étoient les Chariots à deux
Chevaux, avec leſquels on couroit
dans les *Cirques* ; & les Quadriges
étoient pour un Général, qui en
triomphant paroiſſoit ſur un Chariot traîné par quatre Chevaux rangés de front : tous ces termes ont pu
convenir à déſigner de petites troupes qui n'offrent que peu de quadrature, tant de front que de hauteur.

Dans les Tournois, les bandes
de Combattans prenoient différens
noms, ſelon qu'elles étoient plus ou
moins nombreuſes : on a fait la même choſe pour les diviſions des bandes Militaires ; la Biges étoit du
double que la Quadriges ; Quadrille
ou Eſcouade & la Terſes étoient du
tiers plus forte que la Biges ou Soû-
Brigade ; de ces deux dernieres ſoû-
diviſions, l'une étoit le *Ters-Gens*

& l'autre le *Bi-Gens*; les Biges dans les Tournois s'appelloient encore *Bé-Hourtes*; il y avoit auffi des *Quintaines*, autre foû-divifion de Troupes : les Exercices des Cavaliers étoient différens dans chacune de ces foû-divifions, ce qui faifoit que les Cavaliers qui vouloient s'exercer dans tous les Jeux pratiqués en femblables Fêtes, étoient obligés de paffer d'une foû-divifion dans une autre, ce qui faifoit dire, en terme de Manége d'un Cavalier, qu'il avoit fait fon *Bé-Hourt* & fa *Quintaine*, quand il avoit actionné dans chaque troupe de ces noms.

Les Officiers deftinés à commander ces divifions & foû-divifions, (mais d'un commandement fi fubalterne, que cela leur a fait donner le nom de *Bas-Officiers*) ont leurs noms de ceux des portions de Corps qu'ils géroient, ou des fonctions & rangs qu'ils tenoient dans ces portions ; il y avoit un Brigadier & un Soû-Brigadier dans chaque Brigade & Soû-

Brigade; les Brigadiers d'une *Turme* ou Enseigne de Chevaux avoient au-dessus d'eux une espece de Major, ou plûtôt d'Ambulant de Compagnie, qui fut appellé *Maréchal des Logis*, & qui auroit même pu être appellé *Maréchal des Camps*, puisque sa fonction ne se bornoit pas à marquer simplement les Logemens pour sa troupe, ce qui a fait depuis l'emploi d'un *Fourrier*, mais qu'il étoit fait pour mettre les Cavaliers de cette troupe dans un premier arrangement. Il y avoit dans les Tournois un Maréchal de Camps, qui mettoit en ordre les Quadrilles destinées à combattre dans ces Jeux, qui faisoit l'appel de ceux qui composoient ces Quadrilles, & qui, après qu'il avoit posté ces Quadrilles dans leurs lieux assignés, leur répétoit le signal de s'ébranler pour commencer les Joutes, quand les Juges du Camp avoient donné ce signal.

A l'égard des Bas-Officiers d'Infanterie

fanterie, les postes qu'ils occupoient, & les rangs ou les files des Soldats qu'ils dirigeoient, leur procuroient leur dénomination ; le Capitaine tenant la tête des files, son Lieutenant & son Soû-Lieutenant l'accompagnoient dans ce poste ; à la queue des files de chaque Escouade étoit un Bas-Officier appelié *Sergent*, nom qui ne venoit pas du Latin *Serviens*; le Sergent qui trouvoit dans ce mot latin l'étymologie de son titre étoit un Gentilhomme, qui pendant que la Milice des Fieffés fut en vigueur, étoit tenu par la nature de son Fief, dit de *Sergenterie*, à un service Militaire envers son Suzerain, qui avoit du rapport aux fonctions d'un Adjudant ; le Sergent noble avoit soin de rassembler les Vassaux de ce Suzerain, pour en composer une Bannière, quand il falloit aller à la Guerre. Le Sergent de Bandes est différent, il faut borner l'étymologie du nom de celui-ci dans notre François, & le faire venir de *Serre-Gens* ; ce qui sera

T

suffisant pour montrer que cet Officier tenoit la queue des files, en opposition des Hauts-Officiers qui en tenoient la tête, & qu'il étoit-là pour faire serrer ces files, selon le commandement qui en venoit d'en-haut. Entre tous les Sergens d'Escouades, le Capitaine en choisissoit un, qui, à l'exemple du Maréchal des Logis d'une Bande de Cavalerie, devenoit l'homme d'affaire de la Bande, & une espece de Major particulier, qui faisoit prendre aux Soldats leurs premiers arrangemens, & instruisoit les nouveaux Militaires aux évolutions de guerre. Quand les Bandes furent enrégimentées, ces Sergens de Bandes répondoient à un Officier qui étoit Sergent de Corps ou de Régiment; & comme cet Officier étoit pris d'entre les Capitaines ou les Lieutenans du Corps, il fut appellé *Sergent-Major de Bataille*, ou simplement *Sergent de Bataille*, pour mettre de la distinction entre lui & les Sergens de Bandes; & les Sergens

de Bataille étoient à leur tour subor-
donnés aux *Sergens Généraux de Bataille* ; ces derniers pris d'entre les
Meſtres de Camps. Après le Sergent
venoit le *Caporal* ou *Corporal*, (ce ſecond terme a été auſſi d'uſage) ce bas
Officier étoit fait pour ſoigner à une
moindre diviſion que celle ſoignée
par un Sergent ; le Caporal tenoit le
côté d'un rang de Soldat ; il étoit le
premier corps d'homme de rang ſur
l'aile ; c'eſt de-là qu'il tiroit ſon nom,
ſoit de *Caput-alæ* ou de *Corpus-alæ.*

L'*Anſpeſſade*, ou le *Lancepeſſade*
prenoit ſoin encore d'une diviſion
moindre que celle du Sergent ; il
étoit à un rang de Manche de Piquiers, ce qu'étoit le Caporal à un
rang de Mouſquetaires ; de-là il eut
ſon nom de *Lancepeſſade*, comme
qui diroit le Lancier ou Piquier qui
coupé ou ſépare l'eſpece de Soldat
armée de Piques, d'avec ceux armés de Mouſquets : les Allemands
ont eu des Corps entiers de Lanciers
& d'Halebardiers, qu'ils appelloient

Lanſquenets & *Trabans*. Il étoit naturel d'appeller *Lancepeſſade* des
Soldats qui étoient en même tems
les derniers Officiers de leurs corps
& les premiers Lanciers des diviſions où ils ſe trouvoient. Les Romains avoient de ſemblables Officiers placés en chef & en queue des
files , & ſur les côtés des rangs de
leurs Légionnaires.

On voit bien par ce que je viens de
dire, que dans le tems qu'il n'y avoit
point d'autres Officiers Généraux
dans les Armées que les Meſtres de
Camps & Capitaines , que ces Bas-
Officiers devoient être plus qu'ils ne
ſont préſentement , qu'ils ont deux
claſſes d'Officiers au - deſſus d'eux ;
ſçavoir, les Généraux & ceux à Hauſ-
ſe-Col ; une autre cauſe, qui les a fait
décheoir , eſt la multiplication des
Officiers de la ſeconde claſſe , ce
que la foibleſſe des Compagnies a
occaſionné ; & pour l'exemple de ce
que cela n'a pu ſe faire autrement ,
je le prendrai dans ce qui ſe paſſe à

l'Armée , quand le Régiment des Gardes Françoises roule pour le Service avec d'autres Régimens.

L'avantage qu'a ce Régiment d'être la Garde ordinaire de nos Rois, fait que ses Capitaines sont regardés comme Mestres de Camps , & ses Lieutenans sont Capitaines; & la force dont sont ses Compagnies , fait qu'un Sergent de ce Corps peut relever un Lieutenant ou un Soû-Lieutenant d'un autre Corps , parce que l'Escouade que conduira ce Sergent, se trouvera être en nombre d'hommes égal au Détachement que commandera l'Officier à Hausse-Col.

Les Divisions des Corps particuliers , tels que les Regimens, les Bataillons & les Compagnies, ayant occasionné les noms qu'on a donnés aux Soû-Officiers qui étoient compris dans ces divisions , il est arrivé que lorsqu'on a jugé nécessaire (pour l'avantage du service) de diviser aussi une Armée en portions considérables , & de faire commander

T iij

ces portions par des Officiers supé-
rieurs, la chose s'est faite à l'instar
de ce qui étoit établi dans les Corps
particuliers : on a joint plusieurs
Bataillons, ou plusieurs Régimens
pour en faire une Brigade, qu'on
a mise sous le commandement d'un
Officier qui s'est appellé *Brigadier d'Armée*, pour le distinguer
d'un Brigadier de Compagnie :
plusieurs Brigades ont été destinées à être commandées par un
autre Officier, auquel on a donné
le nom de *Maréchal d'Armée*, ou de
Maréchal de Camps, par distinction
des Maréchaux des Logis des Régimens & de ceux des Compagnies.
J'ai déja dit que les *Majors Généraux d'Armées*, se sont appellés d'a-
bord *Sergens Généraux de Bataille*,
par distinction des Sergens-Majors
des gros Corps, & même du Sergent de Bandes, qui dans chaque
Compagnie pouvoit être dit Sergent
de Bataille ; & enfin on mit sous le
commandement d'un Officier ap-

pellé *Lieutenant Général* , (parce qu'en effet les Officiers de ce titre font les Lieutenans du Général qui commande une Armée) les Troupes que peuvent commander deux Maréchaux de Camps ; la gradation a été même pouſſée ſi loin ſur cela , que quand il s'eſt trouvé dans une Armée pluſieurs Officiers en droit, par leur grade de commander en chef, comme quand il ſe trouve enſemble deux ou trois *Maréchaux de France* (qui ſont préſentement deſtinés au ſuprême commandement des Troupes) on a été obligé de donner à celui de ces Généraux qu'on a voulu faire primer ſur ſes ſemblables , le titre de *Maréchal Général des Camps* : le Vicomte de Turenne a long-tems commandé ſous ce titre , il fut créé exprès pour lui en 1660. à ce que dit ſon Hiſtorien, M. de Ramſay ; il répond à ce qui s'appelle *Capitaine Général* dans d'autres Etats ; notre Vicomte eut auſſi le titre de Capitaine Géné-

T iv

ral; on apprend cela dans ſa Vie écrite par le même M. de Ramſay, (t. 2.
p. 438.) & voici comme s'exprime l'Auteur : « Louis XIV. faiſant
» la Guerre dans les Pays-Bas en
» 1672. jugea à propos de partager
» ſon Armée en quatre corps ; il
» réſolut de commander le premier,
» avec le Duc d'Orléans ſon frere,
» auquel il donna la qualité de *Gé-*
» *néraliſſime*, & au Vicomte de Tu-
» renne le premier rang après lui,
» avec le titre de Capitaine Géné-
» ral : le ſecond devoit avoir pour
» chef le Prince de Condé, avec
» les Maréchaux d'Humieres & de
» Bellefonds ſous lui : le troiſiéme
» devoit marcher ſous les ordres du
» Maréchal de Créqui : & le Duc de
» Luxembourg étoit nommé pour
» mener le quatriéme en Weſtphalie
» y joindre les Troupes de l'Evêque
» de Munſter. Le Roy, pour pré-
» venir les conteſtations qui pou-
» voient naître au ſujet du rang &
» de la préſéance dans le Comman-

» dement, voulut que, si dans l'ab-
» sence des Princes du Sang les dif-
» férentes Armées venoient à se ré-
» unir, les Maréchaux d'Humieres,
» de Bellefonds & de Créqui pris-
» sent l'Ordre du Vicomte de Tu-
» renne dans le cours de cette ex-
» pédition : les trois Maréchaux,
» (continue M. de Ramsay) refu-
» serent d'obéir & furent exilés ; le
» Public ne trouva rien que de juste
» dans la volonté du Roy ; & un
» habile Magistrat du tems (M. de
» Caumartin) montra, par une let-
» tre écrite au Maréchal de Créqui,
» que les Rois prédécesseurs de
» Louis XIV. avoient souvent com-
» mandé aux Maréchaux de France
» d'obéir à d'autres que des Princes
» du Sang : l'exil des trois Maré-
» chaux dura peu, mais leurs Con-
» freres déclarerent qu'ils devoient
» se soûmettre. »

L'an 1634. il n'y avoit point encore de Lieutenans Généraux en
France, il ne commença à y en

avoir qu'environ l'an 1638. cela est prouvé par la même Histoire du Vicomte de Turenne, (p. 22. t. 2.) « Ce jeune Seigneur, dit son Histo-» rien, se distingua tellement au Sié-» ge de Lamothe en Lorraine, » qu'après la prise de cette place, » quoiqu'il ne fût que Colonel, & » qu'il n'eût que vingt-trois ans, on » lui donna la Commission de Ma-» réchal de Camp, qui alors étoit » le premier grade après celui de » Maréchal de France ».

Le Vicomte de Turenne passa de l'état de Colonel à celui de Maréchal de Camp, parce qu'il n'y avoit point encore de Brigadiers, ils ne furent créés qu'en 1667 & 1668. cela se voit dans l'Histoire Militaire de Louis XIV. par M. de Quinci (t. 1.) Il y a donc en France trois Offices, ce-lui de Généralissime, & ceux de Ca-pitaine Général, & de Maréchal Général des Camps, qui, s'ils étoient remplis, donneroient à ceux qui les exerceroient à peu près le même pouvoir fur le Militaire qu'avoit l'Office de *Connétable* ; toute la différence qu'il y auroit, c'eft que le Connétable feroit un Officier en charge, & que les autres ne le font que par commiffion ; de plus, la qualité de Généraliffime femble n'avoir été faite que pour être donnée à un Prince du Sang, & montrer par-là un Général qui a l'avantage d'une haute naiffance, d'avec un Général qui n'eft que Gentilhomme. Henri III. avant que d'être Roy, fut Généraliffime des Armées de Charles IX. fon frere, il reçut publiquement le Bâton, marque de haut Commandement. Gafton, Duc d'Orléans, frere du Roy Louis XIII. fut en 1643. déclaré Lieutenant Général du Royaume pour exercer cet Office pendant la Minorité de Louis XIV. fon neveu, monté fur le Thrône la même année.

On a vu que le même Roy Louis XIV. donna en 1672. au Duc d'Orléans fon frere, la qualité de Géné-

raliſſime de ſes Armées ; le Duc
d'Enguien (Louis de Bourbon II.
du nom) Prince du Sang , avoit cette même qualité de Généraliſſime ,
lorſqu'il gagna la Bataille de *Nor-*
linghen l'an 1645. & quoique le Prince de Conti (Armand de Bourbon)
auſſi Prince du Sang , n'eût été déclaré qu'en Parlement Généraliſſime des Pariſiens l'an 1649. cette
qualité encore jointe à la naiſſan-
ce , acheve de confirmer mon idée ,
qu'elle ſemble n'être compatible
que dans la perſonne d'un Prince
de la Maiſon Royale.

　　Après la mort d'Henri III. le
Duc de Mayenne (Charles de Lorraine) fut déclaré par la Ligue *Lieu-*
tenant Général de l'Etat & Couronne
de France : ſi cet emploi avoit été
conféré par une Puiſſance légitime ,
il auroit été au-deſſus de tous ceux
qui ſe ſont vus en France , même
au-deſſus d'une Régence ; mais il
fut bientôt ſupprimé , & n'a plus re-
paru depuis.

Tout ce que je viens de dire fur les grades Militaires , apprendra d'où viennent les différens noms portés par les Officiers des trois claffes qui exiftent à préfent. En fait d'étymologies , il faut fimplifier les chofes autant que cela fe peut ; & pourquoi croire ne pouvoir trouver celles des noms dont il eft queftion que dans les Langues anciennes , lorfqu'on peut avoir des preuves certaines que le plus grand nombre d'entre elles peuvent (fans aller bien loin) fe tirer, comme en effet elles fe tirent, des noms qui furent donnés aux divifions des Corps , lefquels noms , donnés auffi à ces Corps pour des caufes fort fimples, fe communiquerent enfuite aux Officiers propofés pour la conduite de ces Corps ? Les fiécles où ces chofes fe firent , n'étoient pas affez éclairés, & les gens d'alors n'étoient pas affez dans le goût grammatical dont j'ai parlé à la page 201. pour s'embarraffer d'aller chercher dans

l'Antiquité des termes qui convinſ-
ſent à en faire dériver ceux dont ils
avoient beſoin : les Guerriers ne ſe
piquerent point d'aller prendre les
noms des emplois qu'ils exerçoient
dans les Langues Grecques , Lati-
nes , Celtiques & Teutoniques , ils
ſe bornerent ſur cela à rendre les
titres qu'ils prirent ſignificatifs &
relatifs aux fonctions qu'ils avoient ;
ils firent de l'Office le nom. Il eſt
donc raiſonnable de dire , que de
même que le titre de Colonel fut
donné à un Officier qui commandoit une Colomne , de même celui
de Capitaine n'a été fait que pour
déſigner celui qui eſt à la tête de
quelque choſe ; que celui de Lieutenant a été pris par celui qui *Tient
lieu* & la place de ce Capitaine ;
& qu'enfin , ceux de Brigadier ,
de Caporal & d'Anſpeſſade viennent d'où je les ai fait venir : prétendre que le terme de Brigadier
vient du Latin *Precor* , & d'a-
vancer que l'Anſpeſſade eſt dans

l'origine un Gendarme, qui étant démonté servoit en qualité de Fantaffin, c'eft faire une dépenfe inutile en érudition. Tout Cavalier a été dit Chevalier, avant que par l'inftitution de la cérémonie de l'Accollade on eût prétendu faire d'un Cavalier accollé un Dignitaire plus élevé qu'un autre homme de cheval ; c'eft l'idée que l'on attache aux chofes qui en fait le mérite.

Les arrangemens différens que prenoient chaque corps de troupe dans les tems où ces arrangemens occafionnerent les noms que prirent ceux qui en avoient la conduite, n'étant plus les mêmes, il ne faut point s'étonner fi on ne peut que difficilement faire quadrer aujourd'hui les fonctions que font à préfent la plûpart des Officiers dénommés originairement de ces arrangemens, avec les fonctions que ceux de ces noms faifoient autrefois.

Le Capitaine a véritablement confervé la fonction à quoi le rend pro-

pre ſon titre , mais il n'én eſt pas
de même du Sergent & de l'Anſpeſſade ; les Sergens n'étoient faits que
pour tenir la queue des files , aujourd'hui ils ſont répandus autour
d'une troupe ; & pour ſçavoir à
quoi employer le Caporal & l'Anſpeſſade , on partage une Compagnie
en trois Eſcouades , chacune a un
Caporal pour chef , & chaque Eſcouade eſt partagée en ſous-Eſcoua-
de , qui chacune a auſſi pour chef
un Anſpeſſade : ces nouveaux arrangemens ne ſont point favorables
pour continuer à montrer quel rapport ont à préſent les Officiers de
certains noms , d'avec ceux qui autrefois portoient ſemblables noms.

Lorſqu'à la page 26 j'ai parlé de
l'Ordonnance en Croiſſant , qui
eſt la plus communément obſervée
par les Turcs, j'ai oublié de dire
qu'ils en avoient une plus ancienne,
laquelle mérite d'être décrite.

Suivant cette Ordonnance, une
Armée de la Nation dont je parle,
prenoit

prenoit la forme d'une Pyramide
émouſſée par la pointe , & ne formoit qu'un ſeul corps ; tous ceux
dont cette Armée étoit compoſée ,
ne laiſſant entre eux que de très-
petites ſéparations , les évolutions
ſe faiſant ſur les ailes ; un Corps de
mille Cavaliers d'élite regardés
comme Enfans Perdus , & pris indifféremment d'entre les *Spahis* , les
Timariots & les *Zaims* , (qui ſont
les trois ſortes de Cavaliers dont ſe
ſervent les Turcs) faiſoient toujours
la pointe de la Pyramide ; derriere
ce premier corps en étoient d'autres , encore de Cavaliers , mis ſur
pluſieurs lignes , ſe débordant un
peu les unes les autres , ce qui con-
ſervoit au total de l'Armée ſa forme pyramidale ; l'Artillerie faiſoit
une ligne vers le milieu de la Pyramide , & ſembloit partager l'Armée
en deux, en Avant-garde & en Arriere-garde : après l'Artillerie ſui-
voient pluſieurs lignes d'Infanterie,
ces lignes , les unes ſur les autres &

V

toujours rangées de la même façon
que les lignes de l'Avant-garde,
pour que la Pyramide continuât
d'augmenter de front , depuis sa
pointe jusques à sa base : ces lignes
d'Infanterie étoient encore flan-
quées de Timariots & de Zaims ; &
enfin une ligne de Spahis servoit
comme de Réserve & faisoit la base
& le fondement de l'Armée. Toutes ces lignes étoient fort près les
unes des autres , & l'Armée dans
cette disposition n'ayant aucun vuide dans son centre, marchoit à l'Ennemi : voici comme se faisoit l'attaque. La pointe de la Pyramide, après
avoir jetté son cri ordinaire de *Al-
lha,* attaquoit vivement ; & si elle
ne pouvoit rompre ce qui lui étoit
opposé , & qu'elle se trouvât en
désordre par des attaques réitérées,
les Cavaliers qui la composoient s'é-
cartant à droite & à gauche, se glis-
soient le long des côtés de la Pyramide pour en aller prendre la queue
& par cette manœuvre faisoit place

à une ligne d'un plus grand front,
qui devenoit la tête de l'Armée ; fi
cette feconde ligne venoit auffi à
être déroutée , elle faifoit la même
chofe que la premiere , & la même
manœuvre étoit faite fucceffivement
par chacune des autres lignes , en
forte que la Pyramide, en marchant
toujours & en faifant effort pour enfoncer de fa pointe l'Armée qu'elle
combattoit , préfentoit de plus en
en plus un plus grand front , à mefure que les corps qui faifoient fon
devant , étoient obligés de céder
pour s'aller rallier à la queue de la
Pyramide , en s'écoulant le long
des côtés de cette Pyramide , ainfi
que je l'ai dit.

Si par ces manœuvres toutes les
lignes dont l'Artillerie étoit couverte, fe trouvoient diffipées , alors
cette Artillerie n'ayant plus rien au-
devant d'elle , faifoit le front de
l'Armée ; elle agiffoit de fon mieux
pour défendre les autres lignes de
derriere elle , la défaite defquelles

produiſoit la défaite totale de l'Armée, quand le feu de cette Artillerie n'étoit pas ſuffiſant pour arrêter l'Ennemi, & pour donner le tems aux lignes déja rompues de ſe bien rallier derriere la Réſerve, & de réformer par-là d'autres lignes à la ſuite de celles qui ſubſiſtoient encore à la faveur du Canon dont elles étoient couvertes.

Si tout ce que je viens de dire n'arrivoit pas, & qu'au contraire qu'il arrivât que le corps d'Enfans Perdus ſe fît jour dès les premieres charges, pour lors la Pyramide s'ouvroit en deux, de la pointe à la baſe, chaque ſection tomboit par la droite & par la gauche ſur les ailes de l'Armée ennemie, dont le centre ſe trouvoit enfoncé, & par cette évolution, ces ſections obtenoient bientôt la victoire.

Bien des Hiſtoriens ont remarqué que tant que les Turcs ont conſervé l'Ordonnance pyramidale, ils ont preſque toujours été vain-

queurs , & qu'il n'en a pas été de
même depuis qu'ils se sont rangés
en Croissant sur deux lignes , par la
raison que j'ai déja dit , que souvent
la premiere de ces lignes venant à
être défaite , retombe sur la seconde
& l'emporte ; d'aillurs , dans l'ordre en Croissant le ralliment n'est
pas à beaucoup près si aisé à se faire,
comme dans l'ordre en Pyramide, ce
dernier ordre est le vrai *Cuneus*. Il fut
connu des Grecs. Une Phalange se
coupoit perpendiculairement sur sa
hauteur, cela formoit deux corps, l'un
appellé la *Corne droite* , & l'autre la
Corne gauche ; l'intervalle de l'entre-
deux servoit de passage à des Pelotons de Soldats armés à la légere ,
ou de Cavaliers , quand il étoit question que ces Pelotons (faits pour
combattre en voltigeant autour du
corps qu'ils soutenoient) passas-
sent plus promptement & plus sure-
ment du derriere d'une Phalange
sur son devant , ou de son devant
sur son derriere : cette coupure d'u-

ne Phalange fervoit aux mêmes manœuvres que fervirent les intervalles auffi perpendiculaires qui fe trouvoient dans l'Ordonnance Romaine, que j'ai appellé Ordonnance en
Colomne, & que j'ai décrite à la page
52 de cet Ouvrage, à l'occafion de la
bataille de *Zama* où elle fut obfer-
vée : cette Ordonnance en Colomne
(qui parut bonne pour certaines occafions) fe conferva, quoique la caufe de fon invention qui étoit de fe-
parer contre les Elephans, ne fubfifta
plus, & c'eft d'elle que nous vient
celle d'entremêler de la Cavalerie
dans de l'Infanterie : on n'a eu befoin, pour trouver cette derniere,
qu'à faire remplir les intervalles perpendiculaires d'entre les Corps d'Infanterie par des Efcadrons de Cavalerie. J'ai parlé à la page 127 de
la bonté dont eft l'*Ordonnance Mé-*
langée, mais j'avois oublié de dire
qu'elle venoit de celle en Colomne.

En réfléchiffant fur les arrangemens qu'on peut faire prendre à une

Armée, j'en ai penſé un qui me paroît mériter de n'être point omis; je l'appellerai *Ordonnance Vivrée*, (l'art Héraldique me fournit ce terme.) Elle conſiſte à arranger pour une Bataille les Corps qui compoſent une ligne d'Armée, de façon qu'ils forment pluſieurs chevrons ou angles : Par exemple, ſix Bataillons poſés en *Vivre*, feront trois angles, & cette poſition fera que le front des uns & des autres de ces Bataillons ſera défendu par un feu croiſé qu'ils ſe prêteront mutuellement, ce qui fera à peu près le même effet que font les feux des Tranchées & des Chemins couverts ; il arrivera même que ces feux, quoique portés obliquement, n'en feront pas moins effet ſur l'Armée ennemie où ils porteront, que s'ils y arrivoient de front, & il y aura même moins de coups perdus que dans un feu reçu de face ; ce qui ſeroit aiſé à démontrer, au moyen d'une figure.

Une Armée qui eſt en bataille

fur plufieurs lignes & qui garde l'Ordonnance Mélangée , peut varier
cette Ordonnance , c'eft-à-dire ,
l'exécuter fimplement , ou la con-
trafter ; dans le premier cas, un Bataillon en premiere ligne aura un
autre Bataillon derriere lui en feconde ligne ; & dans le fecond cas,
le contrafte paroîtra , en mettant
en feconde ligne un Efcadron qui
aura un Bataillon au-devant de lui
en premiere ligne.

L'ordre de bataille des Romains
étoit, pour ainfi dire, un ordre mé-
langé continuel ; chaque Légion
avoit un nombre de Cavaliers attachés à elle ; ces Cavaliers formoient
des Pelotons qui fe mettoient fur les
côtés de la Légion ou fur fon derriere , pour dans un befoin venir
s'introduire dans les intervalles des
Cohortes.

Une telle difpofition m'a fait
penfer qu'il ne feroit peut-être pas
mal-à-propos de garder préfentement la même conduite. Nous avons

deſt

des Dragons, malgré la valeur re-
connue dans les Militaires de cette
catégorie ; on prétend néanmoins
qu'une troupe de ces Dragons,
(proportion de nombre gardée) eſt
plus foible qu'une troupe d'Infanterie & qu'une de Cavalerie ; cela
étant, ne pourroit-on pas, au lieu
d'avoir des Régimens entiers de
Dragons (qui font un ſervice à part
de celui des Fantaſſins & de celui
des Cavaliers) n'avoir que des Compagnies franches de ces Dragons ?
on attacheroit plus ou moins de ces
Compagnies à chaque Régiment
d'Infanterie, & elles y feroient dans
les occaſions ce que faiſoit la Cavalerie Romaine attachée à chaque Légion. Les Dragons ſont déja recon-
nus pour être du corps de l'Infanterie, cela eſt conſtaté par l'Ordonnance de Louis XIV. de l'année
1665. ils ſont pour combattre auſſi
bien à pied qu'à cheval : des Compagnies de cette Milice, incorporées
dans les Régimens d'Infanterie,

X

étant mifes pied à terre, augmente-
roient la force de nombre & d'effer
d'un Bataillon; quand elles ne pourroient pas être plus utiles à ce Bataillon, en reftant à cheval, elles pourroient même fuppléer en quelque façon aux Compagnies de Grénadiers,
qui font, pour ainfi dire, des hors-
d'œuvres, qu'on eft fouvent obligé
de tenir féparées des Bataillons,
pour n'en point déranger la quadrature réguliere; & en fuppofant (comme cela eft en effet) qu'on ne peut fe
paffer du fervice à quoi font propres
les Grénadiers, on fera faire ce fervice par des Détachemens de Bataillon, comme cela fe pratique déja, quand il s'agit de faire quelque
attaque confidérable, & que pour
cela on veut augmenter le nombre
des Grénadiers : au moyen des
Compagnies franches de Chevaux
mifes à la fuite des Régimens & jointes aux Grénadiers, un Bataillon
pourra avoir autour de lui, en combattant, des Pelotons d'Infanterie

où de Cavalerie légere , ainsi que
les cas le requereront , ce qui lui sera
d'une grande utilité. La Cavalerie
d'à présent n'a pris son nom de *Ca-*
valerie Légere qu'elle conserve , que
pour mettre de la distinction entre
elle & une Milice élevée au-dessus
d'elle , appellée *Gendarmerie* , dans
les tems qu'il y avoit beaucoup de
Compagnies de Gendarmes ; mais
depuis que ces Gendarmes sont re-
streints à un nombre si petit , qu'il
est inutile d'en faire une Milice
particuliere , la Cavalerie n'ayant
plus personne armée plus pesamment
qu'elle , auroit dû perdre son surnom de Légere : ce surnom convien-
droit mieux à des Dragons , gens
armés en Fantassins & la Botine à
la jambe ; ils le méritent d'abord
par les deux manieres de combattre,
à quoi ils sont propres , & ils ache-
veroient de le mériter , s'ils étoient
attachés , comme je le dis , à des
Corps d'Infanterie , puisqu'alors ils
aideroient utilement ces Corps par

X ij

la légereté des manœuvres à quoi ils
sont propres.

L'Ordonnance en *Pyramide* que
j'ai décrite, me conduit à en décrire
une autre, qui est celle des Tartares. Ce Peuple que nous qualifions
peut-être un peu trop légerement de
Barbare, a néanmoins une Ordonnance qui mérite d'être connue :
elle retrace le souvenir qu'elle est à
peu près celle qu'ont dû garder les
premiers hommes qui formerent des
armées, & que doit dicter la nature
qui n'est pas aidée de réflexions pro-
duites par le sçavoir & l'expérience.

Les Tartares ne se battent qu'à
cheval : leur Ordonnance ordinaire
est de se former en plusieurs gros Pelotons, & de tomber avec vivacité
sur l'Ennemi qu'ils attaquent. Si
cette attaque réussit, ils en profi-
tent ; & s'ils sont repoussés, leur
perte n'est pas considérable, car se
dispersant avec vîtesse de tous côtés ils ôtent à leurs ennemis le pouvoir de les poursuivre ; ils sçavent

même se rallier, & revenant à la charge autant de fois qu'ils ont fui, ils réussissent souvent à vaincre, après avoir été plusieurs fois battus dans une même journée; d'ailleurs, s'ils ne parviennent pas à la victoire, ils sçavent rendre leur défaite fatale à qui les a vaincus; car en se sauvant ils décochent si adroitement leurs fléches, en tirant derriere eux, à l'exemple des anciens *Scythes* leurs ancêtres, qu'il arrive, qu'en les battant, on ne remporte guéres plus d'avantage que si on étoit battu. La maniere de combattre en caracolant, est aussi avantageuse pour ceux qui s'en servent, qu'elle est désavantageuse pour ceux qui la soutiennent. On vient de voir dans l'avant derniere Campagne de la Guerre d'entre les Moscovites & les Turcs de l'année 1739. combien l'Armée des premiers, en s'avançant vers la Moldavie, souffrit de dommage par l'harcélement continuel des Tartares pendant une longue route. X iij

Si le génie particulier de chaque
peuple , (ce qui fert fi bien à le ca-
ractérifer) a produit les divers arrangemens d'armées que j'ai expo-
fés dans cet Ouvrage : le même génie influant fur les qualités du Guerrier , porte encore cette influenc[e]
fur les accidens heureux ou malheu-
reux qui arrivent dans les Guerres ;
de-là vient que quoiqu'il fe trouv[e]
de la valeur parmi toutes les Nations , même parmi celles que la prévention a un peu maltraitées fur
cela , néanmoins il arrive pourtant
qu'une de ces Nations emportera fur
beaucoup d'autres le prix pour la réputation de pofféder la vertu dont
je parle ; & qu'entre plufieurs autres
Nations , malgré la réputation commune entre elles , d'égalité de valeur , chacune d'elle aura cette valeur dans un goût particulier à elle
feule.

Une Nation aura une valeur im-
pétueufe , une autre en aura une
plus tempérée , ainfi des autres. Il no[us]

faut donc point s'étonner si un peuple brave, mais phlegmatique, aime
à combattre dans une Ordonnance
qui peut s'appeller pesante, telle que
celle en Phalange ou à gros Bataillons quarrés, les uns près des autres,
pendant qu'un autre peuple, d'une
bravoure vive & pétulante, préfé-
rera l'Ordonnance en petits Bataillons très-écartés, pour avoir occasion de montrer son inclination par
des évolutions promptes & légeres,
ce que l'Ordonnance à gros Bataillons serrés ne permet pas si bien :
cela étant, peut-on s'empêcher de
convenir que chaque Ordonnance
connue, quoique bien différente de
ses semblables, a son degré de bonté
aussi bien que chacune des autres,
& que toutes sont bonnes, pourvu
que chacune d'elles soit exécutée
& suivie par ceux à qui elles conviennent, eu égard à la différence
des génies ? Des Suisses en Bataillons quarrés réussiront aussi bien
que des François & des Anglois en

Bataillons legers & bien ouverts.

Il n'y a point de Nation qui n'ait quelque qualité propre à la diſtinguer d'une autre ; l'une réuſſira mieux que ſes voiſines à combattre ſur la mer ; il arrivera le contraire d'une autre. Les Anglois & les Hollandois ſemblent être nés pour dominer ſur la mer & pour faire fleurir le Commerce ſur cet élément. Les Eſpagnols & les Portugais ſont à admirer par les grandes & belles Colonies qu'ils ont ſçu établir. Les Italiens ſont bons Ingénieurs ; le goût qu'ils ont conſervé pour les beaux Arts, & particulierement pour la belle Architecture leur a donné ce talent. Les Suiſſes ſont auſſi inébranlables dans les combats , qu'inviolables dans les Alliances qu'ils font. Les Allemands ſont braves & ſupportent bien les fatigues de la Guerre ; ils ne ſe rebutent pas aiſément , ce mérite leur a attiré avec juſtice la belle qualification de *Conſtantiſſima Germanorum Natio* , dont l'Uni-

verfité de Paris fe fert pour les défigner. Il n'eft pas nouveau que les
mœurs particulieres de chaque peuple aient fervi à les faire connoître:
les Romains, comme dit *Végéce*, étant
bons guerriers & bien difciplinés,
furmonterent par ces avantages la
multitude des Gaulois, la grandeur
des Allemands, la force des Efpagnols, les richeffes des Afiatiques,
la rufe des Africains & la prudence
des Grecs. C'eft donc au génie *ca-*
ractériftique de chaque peuple, ainfi
qu'à ce qui s'appelle hazard de la
guerre, qu'il vaudroit autant attribuer la perte ou le gain des combats,
qu'à la feule fupériorité d'une Ordonnance fur une autre, attendu
l'avantage égal du pour & du contre
qui fe trouve dans toutes ces chofes;
il faut feulement, qu'indépendam-
ment de l'Ordonnance de convenance de génie, que deux parties
adverfes peuvent fuivre d'inclination, l'Ordonnance de convenance
de lieu, ou celle de cas imprévus fe

trouve, sans quoi la meilleure de
ces Ordonnances pourroit devenir
défectueuse, & l'inclination nationale déraisonnable.

Quand ces cas imprévus se pré-
senteront, c'est alors qu'un grand
Général aura lieu de faire paroître
ses talens en disposant ses Soldats,
non pas comme leurs inclinations
les porteroient d'agir, mais selon
qu'il sera nécessaire qu'ils agissent ;
en maniant habilement les esprits,
on peut affoiblir les préjugés na-
tionaux : le Général qui sçaura ainsi
se conduire, triomphera avec tels
soldats que l'on lui donne : des Suisses
mis en Troupes légeres, ou des François rangés en Phalange seront pour
lui la même chose ; de ses Cavaliers
il en fera des Piétons, & de ses Piétons des Cavaliers, & il tirera le
même avantage de gens accoutumés
à ne combattre qu'en défensive derriere des retranchemens, que de
gens propres à l'offensive. Les exemples ne me manqueroient pas (s'il

en étoit befoin) pour montrer des avantages reftés à des Troupes, quoiqu'elles ayent combattu fur une Tactique oppofée à la leur.

Chaque génie national continuant fes effets fur ceux qu'il poffède, détermine les peuples, les uns à faire tout céder au plaifir d'être conquerans, les autres au contraire à être plus pacifiques que guerriers : ceux-ci, fans ceffer d'être moins braves que les premiers, n'entreprennent que des guerres juftes, pendant que les autres fe livrant à leur ardeur font toujours prêts à attaquer quiconque leur porte ombrage. Si je ne craignois de me trop étendre, quelle lifte n'aurois-je pas à donner des guerres entreprifes plûtôt par penchant national, que par raifons indifpenfables ? beaucoup de celles que firent les Ifraëlites entreroient dans ma lifte : il eft vrai que toutes n'eurent pas pour fondement la caufe que je dis, & qu'aux tems où ce peuple étoit dans fon devoir, il ne

prenoit les armes que pour la défenfe
de fa Religion & de fa liberté, mais
dans d'autres il fe livra à des guerres
d'ambition & de partialité. *Jacob*,
au lit de la mort prédifant à fes fils
le fort de leurs defcendans, repro-
che à *Simeon* & à *Levi* qu'ils font les
inftrumens d'un carnage plein d'in-
juftice, & qu'ils ont fignalé leur valeur dans le meurtre, ainfi que leur
vengeance dans le renverfement
d'une ville. Si des Juifs on paffe aux
autres peuples, & que l'on vienne
par gradation jufques à notre fiécle,
fans parler des Guerres appellées
Croifades, entreprifes dans les X,
XI & XII. fiécles, ni examiner ce
qu'on doit penfer fur des conquêtes
faites contre le droit des gens, il fe
trouvera qu'aucun peuple ne peut
fe vanter de n'avoir entrepris que
des Guerres équitables ou néceffai-
res ; la prévention qui fe mêle par
tout, fortifiant la difpofition où fe
trouve une Nation, lui fait croire
jufte un procédé qui ne l'eft pas ;

& l'on se sent souvent blessé sur le point d'honneur de choses qui paroissent des vétiles à des tempéramens contraires. L'un de nos Rois plaisantant, à ce qu'on dit, sur l'embonpoint d'un Duc de Normandie qui étoit fort gros, & ayant demandé quand ce Duc accoucheroit ; ce dernier se croyant offensé, porta la guerre en France, la ravagea par le fer & le feu, en disant qu'il vouloit que le Roy fût parrein de son enfant, & que le Batême fût bien éclairé. Les Habitans des Villes de Bologne en Italie & de Modéne, au même pays, se sont faits la guerre pour une cruche ou un seau : un sujet d'inimitié si risible a servi de matiere au *Tassoni* pour son Poëme de la *Sequia Rappita*.

Les inclinations différentes de chaque peuple peuvent donc être les causes qui font que les uns sont plus disposés que les autres à entreprendre des guerres ; ces mêmes inclinations peuvent donc être aussi

la cauſe des degrés d'élévation ou
d'abaiſſement où des Dominations
ſe trouvent ; ſi ces inclinations ne
changeoient point , & qu'il arrivât
que le courage héréditaire ou le ſage
gouvernement qui auroit élevé une
de ces Dominations à ſon apogée de
grandeur , continuât à durer après
l'élévation , on verroit ſouvent des
Monarchies univerſelles , telle que
fut celle des Romains : mais comme
tout change dans le monde, ou ſouf-
fre de l'altération, il arrive ordinairement que la ſituation brillante où
une Nation ſe trouve pendant un
tems s'obſcurcit pendant un autre :
alors cette Nation perdant, pendant
ſon tems d'éclipſe , une partie des
avantages qu'elle s'étoit acquiſe ,
elle redevient par-là en égalité de
puiſſance avec ſes voiſins ; c'eſt cette
égalité que la plûpart des Politiques
regardent comme néceſſaire , la po-
ſant pour baſe de la concorde.

Mon intention étoit de finir ici
mon Ouvrage ; mais comme on

pourroit trouver à rédire qu'ayant
embraffé de traiter de la Guerre en
général, je me fois borné à celle qui
fe fait fur la Terre, & que je ne par-
laffe point de celle qui fe fait fur la
Mer (attendu que les ordonnances
ou arrangemens que gardent les
Flottes, font des chofes dont il eft néceffaire d'être auffi inftruit, que des
ordonnances connues pour les combats de terre) difons ce qui me déter-
minoit à ce filence. En me difculpant
à la page 144. de ce que je ne parlois
pas de la partie de la Tactique de
Terre, qui comprend les Machines
de Guerre, fur ce que cela feroit
un Ouvrage, qui dans tel Abrégé
que je l'eus pu donner, auroit fur-
paffé la groffeur de celui-ci, je devois joindre à cette raifon celle que
n'étant Ingénieur qu'autant qu'un
Guerrier qui ne fe donne pas pour
un Mathématicien profond peut
l'être, cela pouvoit me difpenfer
raifonnablement de parler de chofes dont je n'ai connoiffance que par

des lectures , fur-tout n'ayant pas à joindre à ces lectures les réflexions, ni les démonſtrations que fournit l'expérience acquiſe par ſoi-même.

Pendant mes Campagnes de Service , j'ai tâché de les faire en Officier qui auroit voulu ſe rendre autant utile de ſa tête que de ſes bras, pour ne pas reſſembler à la plûpart de mes ſemblables , qui , ſans trop chercher à ſe rendre capables de rendre un compte méthodique de ce qu'ils font , ſervent de routine comme les ſimples Soldats, mais cela ne m'a mis qu'en état de mieux connoître la Tactique Hiſtorique de terre , que la Tactique méchanique de cette même terre , & ne m'a que foiblement éclairé ſur la Tactique Marine ; cependant, pour remplir pleinement le titre de cet Ouvrage , je vais entrer un peu en matiere ſur cette Guerre de Mer.

La Tactique Maritime a , ainſi que la Terreſtre , deux parties ; la premiere eſt l'Hiſtorique, qui com

prend

prend les ordonnances qui peuvent être gardées par les Flottes pour les combats, & le recit des Manœuvres qui se sont faites dans les principaux de ces combats ; la seconde, contient la connoissance de la forme des Vaisseaux, la maniere de les construire, & les Machdies dont ils sont montés. Cette seconde partie offre de grandes difficultés dans l'éclaircissement : les Vaisseaux des Anciens alloient à Voiles & à Rames ; ces Vaisseaux avoient des rangs de Rames proportionnellement à leur grandeur, depuis l'*Uni-Reme*, qui étoit le plus petit, & n'avoit qu'un de ces rangs, jusques au *Quinque-Reme*, qui en avoit cinq.

La façon dont ces Vaisseaux étoient construits, & l'arrangement de leur dedans, pour que tous les Rameurs nécessaires à faire agir un si grand nombre des Rames, y pussent être sans embarras, ne nous est pas bien connue ; les descriptions

Y

des Anciens fur cela font fort obf-
cures ; de-là vient la différence qui
fe trouve dans les écrits des Modernes qui ont voulu expliquer ces con-
ftructions & leur contenu intérieur.

Quelques-uns de ces Modernes ont
dit qu'il ne falloit pas croire qu'il y
eût plus d'un rang de Rames dans
les plus gros Navires ; & que par le
terme de *Quinque-Reme* il falloit feulement entendre que chaque Rame
d'un tel Vaiffeau avoit cinq Rameurs : ce fentiment paroît d'abord
affez raifonnable, cependant il di-
minue de bonté, en penfant que
dans un *Uni-Reme* & un *Bi-Reme* il
n'y auroit eu qu'un ou deux Rameurs par Rame, ce qui n'auroit pas
fuffi pour une manœuvre vigoureu-
fe : Pline y eft contraire ; fi le texte
de cet Auteur n'eft pas altéré, il pa-
roitroit qu'il y avoit des Vaiffeaux
à quarante & à cinquante rangs de
Rames ; & fuppofé qu'il fallût entendre feulement par ce texte, qu'il
y avoit quarante & jufques à cin-

quante Rameurs par Rames, il re-
steroit toujours à sçavoir comment
un si grand nombre de Rameurs
pouvoient tenir sans incommodité
dans l'intérieur d'un Navire, puisque quand il n'y auroit eu qu'un
rang de Rames aux plus grands
Vaisseaux, & qu'il n'y auroit eu que
vingt de ces Rames de chaque côté,
cela auroit fait deux mille Rameurs,
& ces Rameurs n'auroient fait que
la moindre partie de l'Equipage.
A l'égard des Machines placées sur
les Vaisseaux, excepté la Baliste & la
Catapulte, nous ne les connoissons
pas mieux. A-t-on bien décrit ce que
c'étoit que le *Corbeau*, & que la *Grue*:
deux de ces Machines placées sur
les Ponts, avec la premiere on accro-
choit un Vaisseau ennemi, & en le
soulevant assez pour le faire pencher
de quelque côté, on parvenoit par
là à le submerger ; & avec la seconde, on effondroit un Navire &
on le faisoit couler à fond, en laissant tomber sur son pont une lourde

maſſe de fer , appellée *Pillon* , qui
étoit ſuſpendue à cette Grue. Tant
de difficultés dans l'explication des
Machines Marines m'engagent au
même ſilence pour cette partie de la
Tactique de Mer , que celui que j'ai
gardé pour la partie machinique de
la Tactique de Terre ; paſſons ſeule-
ment à dire quelque choſe ſur l'autre partie de cette Tactique de Mer,
que j'ai appellée Hiſtorique.

Telle antiquité que l'on veuille
donner à la Guerre de Mer , cette
antiquité ſera toujours bien au-deſſous de celle qu'a la Guerre de Terre : Les hommes ſe ſont long-tems
battus pour la poſſeſſion de cette
Terre , avant que de ſonger à faire
de la Mer le théatre de leurs diffé-
rends ; & la néceſſité de défendre
leurs biens contre leurs voiſins , les
a ſans doute contraints de prendre
les armes pour cette défenſe , bien
avant que la cupidité les eût déter-
minés à oſer ſe livrer à la merci des
ondes pour aller ravir des richeſſes

étrangeres. On a beau vanter les Navigations des Juifs au riche pays d'*Ophir*, de même que les Voyages des Carthaginois , des Tyriens & autres Habitans de plusieurs Villes de *Phénicie* & de *Lydie* , tant en Espagne que dans l'inconnu *Atlantique* , & que dans la froide *Thulé* , même les combats sur mer que soutinrent les Etats de la Grece , qui furent les plus puissans sur mer , & qui furent porter des Colonies en Italie & dans les Gaules , tout cela sera peu de chose en comparaison de ce qu'étoit dans ces mêmes tems la Tactique de Terre ; les entreprises de Mer d'alors n'avoient pour but que le Commerce , & ces Flottes de Commerçans étoient bien audessous d'une égalité de puissance avec les armées de terre des Rois *David* & *Salomon* , & avec celles d'un *Cyrus* & d'un *Xerxès*.

Que le *Périple d'Hannon* (qui prouveroit seulement que les Anciens ont dépassé le Cap de Bonne-

Espérance) que le Siége de Troie
& que les Courses d'*Enée* ne soient
pas des fictions, on ne tirera guéres
plus de lumiere de ces Ouvrages
pour l'éclaircissement de la Tactique
de Mer, que si l'on lisoit l'Histoire
de l'une de ces Compagnies des In-
des établies présentement dans quelques Etats de l'Europe. Ce n'est pas
dans le fabuleux qu'il faut aller chercher l'origine du vrai, il faut en venir aux Auteurs Romains du V &
VI. siécle de cette République, ou
aux Auteurs Grecs florissans vers
ces tems-là, tels entr'autres que *Polybe* & que *Denys d'Halicarnasse*,
pour avoir quelque chose de certain
sur ce qui mérite d'être appellé Guerre réglée de Mer : & si je voulois me
fixer à une époque certaine pour
montrer le commencement des Manœuvres de Guerre sçavantes, pra-
tiquées sur l'élément dont il est question, je ne passerois pas les tems
où les Romains & les Carthaginois
se disputerent la possession de la Si-

cile ; on commença alors à voir des
Armées navales nombreuses , & des
Vaisseaux de différentes formes &
grandeurs, bien pourvus d'artillerie,
c'est-à-dire , de Machines propres,
tant à la défensive qu'à l'offensive :
déja ces Armées observoient certaines figures dans leurs arrangemens,
elles étoient partagées par divisions,
ce qui s'est depuis appellé *Escadres* ;
& ceux qui les commandoient, cher-
choient à prendre sur leurs Ennemis
l'avantage du Vent , des Marées &
de la situation des lieux. *Auguste* , à
la Bataille d'*Actium* étant inférieur
en nombre de Navires à *Marc-Antoine* , sçut se placer à l'entrée du
Golfe d'*Ambrasie* , & par-là rémé-
dia à l'inégalité ; la Manœuvre de
prendre le Vent sur l'Ennemi , étoit
afin de tomber plus vivement sur
lui ; elle est encore de mode : nous
la faisons dans la même intention
que la faisoient les Anciens , & de
plus , pour que la fumée des Batte-
ries incommode l'Ennemi ; cela

s'appelle occuper la ligne *du plus près*. Le Pere Daniel, au second tome de sa Milice Françoise, explique comment une Flotte doit être rangée pour être sous la ligne du plus près du Vent.

Dans les tems dont je parle, on en venoit bien plûtôt à l'abordage que l'on ne fait présentement : la plûpart des combats de Mer ne font que des canonnades : quand deux Vaiffeaux autrefois vouloient s'aborder, on retiroit en dedans les Rames de part & d'autre, pour qu'elles ne fuffent pas brifées du choc : outre que la Manœuvre la plus ordinaire étoit que celui des deux Vaiffeaux qui fçavoit prendre le Vent fur fon adverfaire, tâchoit de lui voir le flanc & de tomber fur lui de fa proue, laquelle étant armée d'une longue pointe de fer, ne manquoit guéres de créver le Vaiffeau choqué.

Des Peuples qui exiftent & qui par inclination font plus marins que d'autres, m'obligent ici de parler encore

encore des caufes qui peuvent produire ces diftinctions fi fenfibles ,
qui font que de deux peuples (fouvent voifins) l'un ne reffemble en
rien à l'autre , chacun ayant des
mœurs toutes oppofées : mais fans
entrer dans un long examen d'où
tout cela peut venir ; fi c'eft de l'é-
ducation , du préjugé , des alimens
dont on fe nourrit , ou de la qualité
de l'air que l'on refpire , convenons
que la fituation des lieux qu'un peuple habite , peut le rendre plus propre à une chofe qu'à d'autres : les
Hollandois font bons marins, parce
qu'ils occupent un pays rempli d'eau
& environné de la Mer ; l'eau eft,
pour ainfi dire , leur élément ; c'eft
pour cela qu'ils fe plaifent deffus ;
s'ils habitoient le milieu de l'Afie
& de l'Afrique , ils n'auroient pas
plus de goût pour la Mer que les
Tartares & les Numides : un Suiffe
habite des montagnes , il eft bon
Piéton ; un Polonois habite des plai-
nes , il eft bon Cavalier ; la chofe eft

Z

toute simple ; & par la même raison
un Hollandois se plaît sur la Mer ;
un Lapon trouve dans son climat
glacé des avantages qu'il regréte-
roit sous un Ciel plus doux ; & un
Italien à son tour s'accommoderoit
peu du séjour de la Laponie ; la Pro-
vidence a combiné les choses, pour
que tout pays soit habité , & a dis-
posé les esprits, pour qu'un chacun
ait les inclinations convenables au
lieu qu'il habite.

L'influence d'un climat qui agit
sur les hommes qui y naissent, se fait
aussi sentir sur les Arts : qu'un Voya-
geur passe d'un pays dans un autre, il
trouvera différent langage , différent goût dans la maniere de se nour-
rir , de s'habiller & de se loger ; &
par rapport à la Navigation , si c'est
sur les Rivieres , on trouvera que
les Bateaux qui voguent sur le Da-
nube différent en construction de
ceux qui se voient sur la Seine , &
ceux-ci seront vus à leur tour différens de ceux qui sont sur la Tamise.

& fur le Tage : on defcend le Wolga fur des Radeaux ; on diftingue facilement un Vaiffeau de fabrique Angloife d'avec un de fabrique Françoife. Si on n'avoit eu qu'à naviger fur la Mer Méditerranée, Mer remplie d'Ifles , & où l'on ne perd guéres la terre de vue , on n'auroit eu befoin que de Vaiffeaux à Rames ; mais quand on eut entré dans l'Océan , l'immenfité de cette Mer & les longs trajets qu'on s'apperçut qu'il y falloit faire , fans y trouver de terre , fit comprendre que des Vaiffeaux à voiles étoient les feuls qui convinffent fur une Mer où il fe faut diriger à l'aide des Vents & des Courans : & comme on ne pouvoit plus , non plus fe conduire dans cette Mer par des points de vue d'Ifles ou de terre , on chercha à fe guider par les Etoiles ; & on a été heureux de pouvoir parvenir à trouver la Bouffole. Ainfi les Voyages fur l'Océan ont produit les Vaiffeaux à voiles & de haut-bord : &

depuis l'invention de la Poudre à Canon, on a mis à la place de ces rangs de Rames (qui se voyoient aux Vaisseaux des Anciens) des rangs de Canons ; ce qui peut faire comparer un Vaisseau du premier rang d'à présent à une citadelle flottante ; aussi ses ponts sont-ils appellés châteaux : c'est donc dans la nécessité d'avoir des Vaisseaux propres à toutes Mers & à tous Parages , & le goût de chaque peuple dans la construction des siens , qui a fait paroître toutes les espéces de ces Vaisseaux qui nous sont connues , chacune ayant un nom de distinction, Les Fables d'un *Briarée* à cent bras, d'un *Icare* qui vole sur la Mer, même celle des *Gorgones* peuvent être des allégories de l'invention des Vaisseaux à voiles & à rames , & des voyages que les Grecs firent aux *Isles Fortunées,* & aux Côtes occidentales de l'Afrique , d'où ils rapportoient de l'Or , des Diamans & de l'Yvoire. Après la chute de l'Empire Ro-

main, les Sarrazins eurent la domination de la Mer ; ils en profiterent &
porterent de tous côtés leurs conquêtes ; toutes les Ifles & les Côtes de la
Méditerranée leur furent foumifes ;
on leur doit l'invention de bien des
chofes utiles dans la Marine ; c'eft
d'eux que nous tenons l'ordonnance en Croiffant, dont on fe fert fouvent pour mettre une Armée navale
en bataille ; cependant les Romains
prenoient quelquefois cet arrangement : la maniere la plus commune
aujourd'hui eft de ranger les Flottes en lignes, de même que les Armées de terre : c'eft des Sarrazins
que nous avons appris à nommer
Amiraux les Commandans des Flottes ; les Kalifes de Babylone , en
qualité de Lieutenans de Mahomer,
prenoient, entr'autre titres faftueux,
celui d'*Emiral-Moumenin*, c'eft-à-
dire, de Chef des Fidéles ; par la
fuite , tout Prince ou Chef de Dy-
naftie Mufulmane prit le même titre, en oppofition de ceux d'*Emiral-*

Kafer, ou d'*Emiral-Giaour*, qui
voulant dire Commandant des In-
fidéles, étoient par eux donnés aux
Chefs de Guerres qui n'étoient pas
de même Religion qu'eux : & comme au tems des Croisades ils donnerent ces titres offensans aux Chefs
de nos Croisés, ceux-ci à leur tour
croyant aussi bien mériter le titre
de Commandans des Fidéles que les
Emirs Mahométans, ils se le donnerent, l'apporterent en Europe à
leur retour d'Outremer, & en l'a-
brégeant ils en firent celui d'*Amiral*.

Depuis que la Monarchie Françoise est établie, les deux premieres
Races de nos Rois ne nous offrent
guéres de Flottes nombreuses, ni de
combats de Mer considérables :
Charlemagne avoit cependant beaucoup de Vaisseaux ; ce Prince fut en
correspondance avec les Kalifes
d'Orient, & prévoyant même, par
un esprit prophétique, que les Pira-
tes du Nord, qui furent appellés

Normands , porteroient bientôt la
défolation dans fes Etats , il établit
des Vaiffeaux Gardes - Côtes. Les
premiers Rois de la troifiéme Race
n'ayant pas beaucoup de Côtes maritimes fous leur domination immé-
diate , n'eurent pas befoin d'Armées navales ; & il faut defcendre
à Louis le Jeune & à Saint Louis
pour appercevoir des Flottes confidérables , affemblées à l'occafion
des Croifades : fous Charles V. &
Charles VI. les Bords maritimes de
la France s'étendoient affez loin ;
nous poffédions le Port de l'Eclufe,
frontiere de Zélande : cependant ,
ni nous ni les Anglois (qui alors
étoient nos ennemis les plus ordinaires) n'avoient point encore de
ces nombreufes Flottes , telles que
celles qu'on a eues depuis ; c'eft la découverte de l'Amérique qui a porté
les principales Puiffances de l'Europe à avoir beaucoup de Vaiffeaux, pour, à leur faveur, faire des
Etabliffemens confidérables dans

les nouvelles Terres qui se découvroient, & pouvoir transporter avec sureté de ces Terres les richesses qui s'y trouvoient.

Sous François I. notre Marine se soutenoit encore, comme cela est prouvé par la Désertion d'André Doria, Amiral de ce Roy : c'est le Cardinal de Richelieu qui, sous Louis XIII. a commencé à mettre la Marine Françoise dans la réputation où elle a été jusques au combat de la Hogue de l'année 1672. depuis ce combat, elle étoit un peu tombée, mais il y a apparence qu'elle se relevera bientôt, par le zéle & la capacité de M. le Comte de Maurepas, chargé du soin de cette Marine.

J'ai dit que nous avons pris des Arabes le titre qui désigne le Commandant en chef d'une Flotte : depuis les Voyages d'Outremer, ce titre a été, non seulement du goût des François, mais aussi de celui des autres Nations Chrétiennes ;

nous remontons nos Amiraux jufques à Philippe le Hardi , fils de Saint Louis. Dans bien des Etats , quand l'Amiral en charge ne commande pas en perfonne une Flotte , l'Officier qui la commande en fon abfence prend ce titre , qui n'eft alors qu'accidentel : les Anglois traitent d'Amiral le Commandant de chaque Flotte qu'ils ont en mer , mais le titre ceffe pour celui qui le porte , quand la Flotte qu'il commande eft défarmée. Quand les principales Forces maritimes de ce Royaume font unies enfemble , l'Armée fe divife en trois Flottes , qui fe diftinguent l'une de l'autre par la couleur du Pavillon : la premiere des trois eft l'Efcadre Rouge , la feconde eft l'Efcadre Blanche , & la troifiéme l'Efcadre Bleue ; à la premiere de ces Flottes eft l'Amiral qui les commande toutes trois , & chacune des deux autres eft fous un *Contre-Amiral :* pour chez nous , il n'y a jamais qu'un Amiral ; les

Commandans de nos Flottes ne font appellés que *Vice-Amiraux*, même en l'abfence de l'Amiral; ces Vice-Amiraux peuvent être Maréchaux de France, ou font au moins Lieutenans Généraux, & au-deffous de ces Lieutenans Généraux font les *Chefs d'Efcadres*: ces deux dernieres dignités ne font en création qu'à peu près de la date de celle des Lieutenans Généraux & des Maréchaux de Camp de terre.

Une Armée de mer fe met préfentement en bataille fur deux lignes; les Vaiffeaux dont elle eft compofée, font fuffifamment écartés les uns des autres, pour pouvoir revirer de *Bas-Bord*, & de *Tri-Bord*, c'eft-à-dire, préfenter alternativement l'un de leurs flancs, afin de lâcher leurs bordées. Les divifions d'une Armée navale s'appellent *Efcadres*.

Le terme de Vaiffeau eft générique, il fignifie tout Bâtiment à voguer: les Vaiffeaux, de quelque forme & grandeur qu'ils foient , peuvent fe ranger fous deux claffes ; l'une contiendra ceux appellés *Hauts-Bords* , & dans l'autre fera les *Bas-Bords :* un Haut-Bord eft à voiles & fans rames , il a plufieurs Ponts & plufieurs rangs de Canons. Une Armée navale ne devroit être compofée que de Hauts-Bords, qui alors font dits *Vaiffeaux de Ligne* , à caufe de l'Ordonnance en ligne que gardent préfentement les Armées de mer. Ce qui mérite d'être appellé Vaiffeaux de Ligne , font ceux qui portent depuis quarante jufques à cent pieces de Canons , un Bâtiment qui porte moins de quarante Canons, n'eft plus regardé comme Vaiffeau de Ligne dans une Armée un peu confidérable.

Les Vaiffeaux de *Bas-Bords* font à rames , n'ont qu'un Pont , & font plus plats que les *Hauts-Bords*. Chaque Vaiffeau d'une forme particuliere a fon nom qui le diftingue de ceux d'autres formes , qui ont auffi leurs noms ; la plûpart de ces noms font sentir d'où viennent les Vaisseaux qui les ont. Le *Brigantin* est un Bâtiment propre à pirater & à aller en course ; la *Tartane* & le *Saletin* sont des Vaisseaux fabriqués à Salé & en Barbarie ; la *Frégate* & la *Flute* apprennent par leur nom que ce sont deux Bâtimens, l'un plus leger & qui a moins de Canon que le Haut-Bord ; & l'autre, plus bas & plus allongé que le même Haut-Bord. La *Galiote* est un diminutif du *Galion*, gros Vaisseau à voiles : la *Galere* est un autre diminutif de la *Galeasse* & de la *Galée* ; cette derniere sorte de Bâtiment étoit fort d'usage au tems des Croisades ; son nom lui vient du Latin *Galea* & *Galerus*.

Pour l'étymologie de tous ces Bâtimens, dont le mot de *Gal* fait la premiere radicale du nom, on prétend que cela vient de ce que les Anciens mettoient aux Proues de leurs Vaisseaux une figure de Casque. Il n'eſt cependant pas certain que cette Figure fût la ſeule qui parût ſur tous les Vaiſſeaux : chaque Navire étoit ſous la protection d'une Divinité particuliere, que le Commandant ſe choiſiſſoit ; la Proue de ce Navire devoit être plûtôt ornée de la Figure de ſon Patron, que de tout autre, ce qui étoit en effet.

De plus, il paroît par des paſſages de Poëtes anciens, que les Proues ou les Pouppes des Vaiſſeaux ſe couronnoient en bien des occaſions, tant pour célébrer une victoire, que pour ſe réjouir au retour d'une traite favorable au Commerce.

Ceu preſſæ quum jam Portum tetige-
 ré carinæ,
Puppibus & læti Nautæ impoſuere
 coronas. (Georg. l, 1.)

Ainſi donc à moins qu'on ne veuille faire regarder les Couronnes roſtrales, de même que celles de Pouppes, comme des eſpeces de

Chapeaux ; & que l'on ne dife que de-là le terme de *Galea* fut adopté d'abord , pour fignifier tous ornemens dans ce goût , & enfuite le Navire même. Je ne vois rien autrement qui favorife fi fort l'étymologie de nos *Galées* , tirée du prétendu Cafque dont on veut que chaque Vaiffeau ancien ait été orné.

Quant à moi , je croirois avoir mieux l'étymologie dont eft queftion , en la prenant des mots *Gal* & *Gaul* , (qui dans la langue Phénicienne vouloit dire *du Bois*) que de tout autre : en effet , les Habitans des Villes de *Tyr* & de *Sidon* , qui des premiers fe mirent fur Mer , ont pu avec raifon appeller Machines de bois, celles qui fe firent des arbres du Liban , & avec lefquelles (en y joignant des voiles & des rames) ils fçurent étendre leur Commerce par toute la Méditerranée & aller planter des Colonies au-delà des Colomnes d'Hercule.

Si le terme de *Gaul* a véritable-

ment fignifié du Bois, feroit-ce trop
hazarder de dire que de lui eft venue la dénomination qu'ont eu toutes les Contrées où il entre, pour exprimer que ces Contrées (telles que
nos *Gaules*, que le Pays de *Galles* en
Angleterre, & que le Pays-Bas
Wallon) ont autrefois abondé en
bois ? le Wallon eft où étoit la Forêt
Charbonniere.

Le terme de *Gal* a pu produire
ceux de *Vau*, de *Val*, de *Vallée* ;
& quoique ceux-ci ne fervent plus
qu'à l'expreffion d'endroits creux
& enfoncés, ils exprimoient avant,
tout Terrein couvert d'arbres.

Il y a apparence que les Anciens
appelloient *Galea* tous ornemens de
tête & fommités d'Edifices, tels
pour les premiers que des Cafques,
des Bonnets & des Couronnes ; &
que des Frontons & des Entable-
mens pour les feconds : ces Anciens
faifoient ufage des Couronnes dans
prefque toutes leurs actions ; & elles
montroient les conditions de ceux

qui s'en paroient : les Prêtres se couronnoient pour les actes de Religion ; les Guerriers & les Gens de
Lettres ne paroissoient dans les spe-
ctacles publics , qu'avec des Couronnes qu'ils tenoient comme Prix ;
les uns de leurs belles actions , &
les autres des productions de leur
esprit. On distribuoit des Couronnes aux Conviés dans des Festins; la
preuve de cela se peut prendre des
Vers de la troisiéme & quatriéme
Ode d'Horace, qui, réunis ensemble
forment, la moralité suivante ; *Vîte ,*
(disent des Convives que fait parler
le Poëte) *que l'on nous fasse des Cou-*
ronnes d'Ache & de Myrthe : Tirons
au sort qui sera le Chef du Festin :
Quand nous serons chez Pluton , il n'y
aura plus de prééminence entre nous,
ni de hazard pour en décider.

Cyrus , avant de livrer bataille
aux Assyriens , mande les principaux Officiers de son Armée , fait
avec eux la cérémonie appellée par
les Romains *Lustrare exercitum* ; il
les

les traite enfuite, & après leur avoir donné le mot du Guet (ou l'Ordre) il les renvoie à leurs poftes; pendant tous ces actes, le Roy & fes Officiers ont des Couronnes de fleurs en tête :

Τῇ δὲ ὑστεραία πρωὶ Κῦρος μὲν ἐστεφανωμένος ἦσι , παρήσιλε δὲ καὶ τοῖς ἄλλοις ὁμοτίμοις ἐστεφανωμίοις πρὸς τὰ ἱερὰ παραναι.

(Xenoph. Inft. Cyr. l. 3.)

Nous , à l'exemple des Anciens, faifions autrefois auffi ufage desCouronnes en bien des occafions ; on les appelloit *Chapeaux de Fleurs.* Les Sçavans fe couronnoient ; Ronffard a été le dernier de nos Poëtes de l'efpece appellée *Laureatus* : Une Fille ,en s'allant marier, avoit pour toute coëffure une Couronne de fleurs fur des cheveux épars : cette parure fimple étoit pour le moins auffi favorable pour relever la beauté, que les riches vêtemens ; & c'eft depuis que les Femmes ont eu des Cornettes , que les Mariées,au lieu de Couronnes, fe font mifes au derriere de la tête le petit Bouquet ap-

A a

pellé *Chapeau de Noces*. Les Personnes de distinction de l'un & de l'autre sexe, en assistant à des Fêtes de plaisir, y paroissoient en Chapeaux & en Echarpes de fleurs ; cette Echarpe étoit une Guirlande mise en bandouliere, & ce déguisement galand donnoit aux personnes qui en usoient, un éclat que n'ont point à présent celles qui se déguisent avec des Masques, souvent de Figures hideuses, & avec des habits de forme extravagante, tels que ceux d'un Arlequin, d'un Polichinelle, & autres que nous tenons des Comédiens Italiens, qui vinrent en France au siécle passé.

Nos Magistrats Municipaux, aux Jours de solemnités publiques, se couronnent encore ; en ces occasions la Livrée de Flore est jointe à celle de la Ville où est la Fête, pour plus grande marque d'alégresse.

A Paris, on allume toutes les Veilles de Saint Jean un Feu au-devant de l'Hôtel de Ville ; le Prévôt des Marchands & les Echevins vont allumer ce Feu en cérémonie, ayant des Robes de couleur & des Couronnes en tête ; & les Procès verbaux qui font aux archives de ces Magistrats , apprennent que quelques-uns de nos Rois , en affistant à la cérémonie que je dis , ont porté des Chapeaux & des Echarpes de fleurs.

La Grece & Rome ont été longtems fans récompenser autrement leurs Guerriers , que par des Statues & des Couronnes ; & ces Guerriers plus avides en ces tems-la d'honneur que d'intérêt , fe contentoient de ces marques de l'eftime publique, fans prétendre à des récompenfes plus couteufes à l'Etat. Les matieres employées dans la fabrique de ces Statues , & l'efpece d'herbes ou d'arbriffeaux dont étoient faites les Couronnes , montroient fuffifamment quelles avoient été les perfonnes en jouiffance de femblables marques , & quels fervices elles avoient

A a ij

rendus ; mais par la fuite, un Etat penſant ne s'être pas aſſez acquitté de ce qu'il devoit à des hommes qui s'étoient expoſés pour lui, par de ſi foibles marques de reconnoiſſance que celles dont je parle, aſſignoit à quelques uns des principaux Guerriers des Pécunes ſur le Thréſor public ; la même choſe ſe faiſoit pour des Guerriers qui n'étoient plus en pouvoir ni en âge d'eſperer, par une continuité de Service, à parvenir à de plus hauts emplois que ceux qu'ils quittoient comme par force, contraints à cela par la Nature défaillante en eux.

A l'égard des vieux Soldats, qui, chez les Romains avoient gagné la Vétérance, on les récompenſoit en terres ; on leur en donnoit, ſoit de celles appartenantes au Fiſc, & qui étoient deſtinées à cet uſage, ou de celles qu'ils avoient aidé à conquerir dans un pays ennemi. L'Officier Romain étoit récompenſé de trois manieres : 1°. Par des marques

d'honneur, qui étoient de deux fortes ; les décoratives perfonnelles, ou
celles dont le Récompenfé fe paroit
tant qu'il vivoit ; & les remémora-
tives, qui étoient les Statues dont
j'ai parlé ; celles-ci duroient plus
que la perfonne qui les obtenoit, &
elles paffoient à la poftérité : 2°. Par
des Penfions : & 3°. Par des poffef-
fions en terres, plus confidérables
que celles qui s'accordoient aux fimples Soldats.

Les François établis dans les
Gaules, n'eurent d'abord que la derniere maniere des trois dont je viens
de parler pour récompenfer leurs
Guerriers ; ils leur donnoient des
terres dont on ne jouiffoit que tant
que l'on fervoit, ou tout au plus à
vie ; ces ufages changerent, & par
la fuite on vit paffer ces terres, des
Peres qui les acqueroient, aux Enfans, néanmoins toujours fous la
condition que les poffeffeurs actuels
devroient le Service Militaire ; c'eft
cette condition qui, en donnant

origine aux Fiefs, fit cette Milice
appellée des Fieffés, qui seule pendant long-tems composa les armées
Françoises, & qui ne commença de
cesser à rendre le service dû pour
ses possessions que sous Charles
VII.

Les terres destinées à être la récompense des Militaires étant toutes occupées, depuis que les Enfans
de ceux qui les avoient eues en don
se les furent appropriées à titre d'hé-
ritage, il fallut que l'Etat trouvât
d'autres moyens pour récompenser
les Guerriers ; pour cela on adopta
les usages des Romains, & on remit
à la mode les récompenses honorables ; cela fit paroître la Chevalerie : cette forte de récompense n'é-
toit point onéreuse à l'Etat, puisqu'au moyen d'un simple baiser donné publiquement par un Commandant à un Guerrier de son commandement qui venoit de se distinguer,
ou qui avoit servi long-tems, ce
Guerrier se tenoit satisfait de ses

fervices, tels longs qu'ils fuffent.

On s'en tint prefque à ces légeres récompenfes, jufques au tems que les Troupes commencerent à être foudoyées; mais cette époque fit reparoître le fecond des trois moyens qu'avoient les Romains pour s'acquitter des fervices qui leur étoient rendus ; nos Rois affignoient fur leur Thréfor aux Guerriers des fommes annuelles , ou une fois payées ; cela n'empêcha pas que l'ufage des récompenfes honorables ne fe continuât , & la Chevalerie d'accollade s'eft perpétuée jufques au feiziéme fiécle.

Dans le même fiécle , un Soldat valeureux qui exécutoit une action d'éclat , en étoit récompenfé fur le champ , ou par une Couronne de verdure que fes Camarades lui mettoient fur la tête , ou par un Anneau d'or , que fon Officier principal lui mettoit au doigt , en préfence de toute la troupe dont le Soldat étoit : le Général de l'armée faifoit lui-même cette cérémonie : Je ne fçais où j'ai lu qu'une femblable chofe fut encore pratiquée envers un fimple Soldat dans les Guerres d'Italie fous Louis XIII. pour à préfent on ne récompenfe plus les Soldats de cette maniere, on fe contente de les gratifier d'une fomme, ou de les avancer en emplois ; & à l'égard des Officiers, on les récompenfe des deux premieres des trois manieres dont les Romains réompenfoient les Guerriers, c'eft-à-dire, qu'on leur accorde des marques d'honneurs, ou des penfions : les marques d'honneur propres à l'Officier préfentement font, ou la Croix de Saint Louis, Ordre de Chevalerie, inftitué par Louis XIV. ou des Lettres de Nobleffe : on a vu un de nos Rois ôter fon Collier d'Ordre pour en revêtir fur un Champ de bataille l'un des principaux Officiers de fon Armée, qui venoit de fe diftinguer avec éclat.

Les marques d'honneur n'étoient pas

pas feulement pour les perfonnes en particulier, foit Officier, foit Soldat; des Corps de Troupes en entier y avoient part : entre plufieurs Troupes qui auroient combattu enfemble, une d'entr'elles qui fe feroit plus diftinguée que les autres, obtenoit, ou le pas fur fes femblables, ou le Souverain en faifoit choix pour être fa Garde ordinaire, ou bien le même Souverain arrêtoit de fixer fon pofte au jour d'un combat à la tête de cette Troupe.

Si la valeur a mérité de tout tems d'être récompenfée, la lâcheté a toujours été punie. Valére-Maxime étoit du fentiment, que pour maintenir la Difcipline Militaire il faut ufer d'une prompte juftice, *Afpero & abfciffo caftigationis genere militaris difciplina indiget,* (l. 2.) Ce fentiment eft vrai, mais il a befoin d'un correctif, & ne doit point être pouffé trop loin; c'eft à un fage Commandant à faire ufage à propos du pouvoir qu'il a en main, pour ne pas

Bb

irriter le Soldat & s'en faire haïr, par une sévérité exercée à contre-tems, ou pour de trop petits sujets; il faut qu'il suive la conduite que tint *Germanicus* : cet aimable Chef sçut, par une harangue pathétique, sans la faire suivre d'aucuns châtimens, appaiser la révolte des Légions de *Tibére* ; personne ne fut punie, excepté deux des plus brouillons d'entre les révoltés, encore ce fut les coupables qui les sacrifierent eux-mêmes, en témoignage de leur repentir.

Les Empereurs *Galba*, *Pertinax* & *Alexandre - Sévére* se trouverent mal de ne s'être pas sçu faire affectionner du Militaire.

Les Romains cependant usoient de grande sévérité sur le fait des choses de la Guerre ; cette sévérité ne portoit pas seulement sur le simple Soldat, elle s'étendoit sur les Officiers les plus élevés en dignité. *Manlius* & *Posthumius* le Dictateur, firent mourir leurs fils qui avoient combattu fans attendre l'ordre du Sénat, quoique ces illuftres malheu- reux euffent eu l'avantage fur leurs ennemis. *Q. F. Rullianus*, Général de la Cavalerie, fut battu de verges à la tête des Troupes, après avoir remporté une victoire fur les Sam- nites, parce qu'il n'avoit pas per- miffion de combattre. Si ces exem- ples d'extrême févérité paroiffent être blâmables, l'Hiftoire en offre d'autres où la même févérité fe trou- ve exercée, parce qu'elle étoit né- ceffaire. *C. Titius*, autre Général de la Cavalerie, s'étant laiffé battre en Sicile, & ayant rendu fes armes à l'ennemi, le Conful *Pifon* le fit revêtir d'un habit déchiré, fans ceinture, & le condamna pour tout le refte de la Campagne à faire le fervice militaire de Fantaffin & à le faire nuds pieds.

Pour les fimples Soldats, leurs châtimens pour les grandes fau- tes étoient la flagellation & la lapi- dation : une Sentinelle qui quittoit son poste, un Soldat qui se rebelloit, un autre, qui par lâcheté abandonnoit ses armes, tous ces cas méritoient la mort.

La punition de l'Officier différoit de celle du Soldat, en ce que le premier étoit châtié avec l'épée, & que le second l'étoit avec le bâton. *Appius Claudius* fit décimer des Soldats qui avoient pris la fuite, & tuer à coups de bâton ceux sur qui tomba le sort.

On châtioit des Corps entiers ; on décimoit une Légion séditieuse, qui avoit fui lâchement, qui avoit perdu ses Enseignes, ou qui s'étoit retirée d'un mauvais pas par un traité honteux.

On cassoit des Turmes de Cavalerie pour des fautes plus légeres que la sédition ; on ôtoit à des Cavaliers leurs Chevaux, & on les faisoit servir à pied.

Une Cohorte qui se défendoit mal dans une action, étoit séquestrée des autres divisions de la Lé-

gion dont elle étoit ; on lui ôtoit
fon Enfeigne ; on lui retranchoit
fa ration de vivre , ou bien , on la
faifoit camper à part hors de l'enceinte du Camp , & elle demeuroit
ainfi expofée aux infultes de l'ennemi , jufques à ce qu'elle fe fût trouvée dans l'occafion à pouvoir rétablir fon honneur par quelque action
de vigueur.

Une Légion de quatre mille hommes ayant faccagé la Ville de Rege
en Calabre , fans ordre du Général,
fut par Decret du Sénat de Rome
maffacrée toute entiere , avec défenfe d'enfevelir les morts , & aux
parens de ces morts d'en porter le
deuil. L'Eglife met au nombre de
fes Martyrs une autre Légion , dont
les Soldats & les Officiers (parmi
lefquels étoit Saint Maurice) pour
avoir refufé de facrifier aux Idoles,
furent tous mis à mort dans un lieu
voifin du Lac de Genéve.

Les François ont auffi ufé de
châtimens envers leurs Militaires :

on a sur cela la façon dont le Roy
Clovis sçut punir de sa propre main
un Soldat insolent, qui n'étoit pas
soigneux de bien entretenir ses Armes ; le même Roy faisoit punir les
Soldats qui alloient en Maraude
sans ordre ; cela se voit par ce qui
arriva pour une Botte d'herbe, prise sur une terre appartenante à l'E-
glise de Saint Martin de Tours.
Les supplices de ces tems-la étoient
la lapidation & le passement par les
armes ; ce dernier châtiment consistoit à faire exposer un coupable
à une grêle de fléches que lui tiroient les Soldats du Corps d'où
il étoit. Les peines pour la Désertion
ont varié ; on n'a pas toujours
puni de mort pour ce sujet.

Les François, de même que les
Romains, ont eu des punitions
pour les Corps militaires en entier;
il y avoit des peines pour les Officiers, & d'autres pour les Soldats :
les punitions des Corps étoient la
décimation, l'interdiction & la per-

te du rang ; celles des Officiers
étoient la caſſation , la privation
des honneurs Militaires , & la dé-
gradation ; & pour les Soldats dont
les fautes n'alloient pas juſques à
mériter la mort , on les a fuſtigés ,
eſtrapadés , mutilés , marqués , &
mis aux Galeres ; pour des fautes encore plus légeres , l'on augmentoit
le tems de la faction d'un Soldat ,
ou on l'appointoit : un Soldat qui
péche contre ſon ſervice ou ſon
honneur s'appointe encore , c'eſt-à-
dire , qu'il eſt expoſé à la tête de
ſa Troupe , les épaules chargées de
pluſieurs Mouſquets.

En matiere de peines , comme en
celle de récompenſe , le génie diſtin-
ctif de chaque peuple , dont j'ai déja
parlé ; ſe fait encore paroître : un peuple ſe plaira à montrer ſa magnifi-
cence dans la maniere de récompen-
ſer avec grandeur ; un autre ſe pique-
ra d'être rigide obſervateur des loix
qu'il aura faites , pendant qu'un autre
fera voir ſa clémence , par la facilité

qu'il aura à pardonner : certaines fautes sont regardées comme plus graves chez un peuple d'humeur sé-vére, que chez un débonnaire, & par conséquent sont punies plus ri-goureusement chez le premier de ces peuples que chez l'autre : la mê-me faute souffre différentes puni-tions chez différens peuples, chacun ayant ses supplices d'usage ; tout cela fait qu'il seroit assez difficile de con-stater au juste la peine que chaque faute doit subir, non seulement par rapport à la Guerre, mais encore dans tous les autres états où les hom-mes peuvent se trouver ; & comme chaque Nation a son Code ou Re-cueil de Loix Militaires, mes Lec-teurs pourront s'instruire dans les Livres, sans qu'il soit besoin que je m'étende davantage sur les fautes qui peuvent se commettre dans la profession de la Guerre, ni sur les punitions que méritent chacune de ces fautes.

F I N.

TABLE
HISTORIQUE,
ET
DES MATIERES
Contenues dans cet Ouvrage.

A.

Battis d'Arbres. Retranchement le plus ordinaire qu'eurent les premiers François, *Page* 58. Ce Retranchement a été du goût de bien d'autres Peuples ; c'eſt celui qui ſe préſente le plus naturellement à l'eſprit de gens qui n'ont d'autres inſtructions que celles que leur dicte le bon ſens. Maniere de bien faire le retranchement en Abattis,   115

Age. Partage en quatre âges des tems , pendant leſquels l'Art Militaire s'eſt accrû ,   6

Amiral. D'où nous vient ce titre ?   269

Armm. Mot de la langue Celtique , qui ſignifioit le Bras, & tout ce qui ſervoit à orner & à fortifier ce bras. Un Bracelet s'appelloit *Armilla;* le même nom étoit donné à une eſpece de *Pelte* ou Bouclier de forme particuliere : on dit encore une *Sphére Armillaire* , pour dire un Globe que l'on fait tourner ſur ſon Pivot

avec la main : enfin, on pourroit appeller, par
ce terme d'Armillaire , toute autre machine
qui eſt remuée à force de bras , par diſtinction
de l'*Automate* , qui eſt une machine à Reſſort.

Arme. Terme qui exprime tout ce qui ſert à un
homme de guerre pour le défendre & pour
attaquer les autres ; le terme vient du Celtique *Armm.* Armes différentes à l'uſage des Soldats d'un même Corps , produiſent un bon
effet , 66. Les Armes offenſives , propres
aux Guerriers dans tous les tems , ſont de
quatre ſortes : de *trait* , de *jet* , de *longueur*
& d'*approche.* La Fléche & la Fronde étoient
les armes de traits des Anciens ; nos Boulets &
nos Balles , tirés par le moyen de la Poudre,
ſont les armes de traits modernes : le Javelot
& le Pillum ou demi-Pique étoient les armes
de jets anciennes , elles ſe jettoient avec la
main ; nous n'avons plus d'armes qui répon-
dent à ces armes de jet. Les armes de longueur
ont été la Pique , le Sponton , la Lance & la
Hallebarde ; l'arme la plus commune préſentement de cette eſpece eſt la Bayonnette miſe
au bout du Fuſil ; le Sabre & l'Epée (qui eſt la
ſeule eſpece d'arme d'approche) eſt encore autant de mode,qu'elle l'a été dans tous les tems.
On ne s'étonnera pas que je rende comparable,
la Fronde des Anciens avec notre Mouſquet,
ſi on fait attention qu'une Balle de plomb
tirée avec la Fronde alloit d'une telle force &
vîteſſe , qu'elle ſe fondoit quelquefois en l'air.

Armée. (Ce terme vient encore du Celtique
Armm.) il ſignifie un aſſemblage nombreux
d'hommes propres à la Guerre , fournis d'armes offenſives & défenſives , & diſtribuées par
troupes. Quelles furent d'abord les Armées que
les hommes aſſemblerent , 10. Maniere dont

B.

C.

toujours revêtus de ce pouvoir. Tems où nos
Généraux ont commencé à ne plus agir que
fur les Ordres de la Cour, à fur & à mesure
qu'ils reçoivent de nouvelles inſtructions,
conformément aux occaſions qui ſe préſen-
tent, 118. (Pour ſçavoir ce qu'il faut enten-
pre par le terme de Cartes Blanches, on a vu
au mot de *Bâton*, voyez à celui de *Généra-*
liſſime.

différemment de ces deux noms) n'étoit qu'-
une division de Légion , mon intention n'a
pourtant pas été de faire cette confusion, mais
ne voulant pas m'étendre sur la force en nombre d'hommes de ce Corps , laquelle force a
été plus grande dans des tems que dans d'autres , je devois seulement dire , qu'il fut un
tems où le Manipule étoit aussi nombreux, que
la Cohorte le fut dans un autre ; mais qu'ensuite une Cohorte contenoit trois Manipules ;
cela étant , les Cohortes , dans les derniers
tems de l'existence des Légions , pouvoient se
comparer à nos Bataillons , & les Manipules à
nos Bandes : les Cohortes d'une Légion se
mettoient en bataille sur trois lignes ; cela paroît dans le combat d'entre *César & Afranius.*

D.

E.

tions, pour ne pas parler de celles qui font décrites dans les Auteurs d'avant moi. Je ne pouvois pas non plus être entiérement neuf fur une femblable matiere ; il a donc fallu malgré moi être un peu l'écho des autres ; mais me trouvant dans cette néceffité, je ne l'ai fait qu'en chofes à quoi j'avois du nouveau à ajouter, afin de mieux chercher à fatisfaire mes Lecteurs, dans ce que j'ai cru qu'ils pourroient ne pas fçavoir ; & pour ce qu'on croira manquer dans cet Ouvrage, d'autres peuvent y fuppléer, tels que ceux intitulés, le *Maréchal de Bataille*, le *Polybe commenté* par le Chevalier Folard ; les *Maximes & Inftructions Militaires* qui fe trouvent jointes à l'Hiftoire Militaire de Louis XIV. par le Marquis de Quinci ; outre deux autres Livres affez modernes, ayant pour titre ; l'un, *Service journalier de l'Infanterie*, par M. de Bombelle ; & l'autre, *Service journalier de la Cavalerie*, par M. le Coq-Magdeléne.

F.

G.

H.

I.

L.

montrer la différence qu'il y auroit eue alors entre ligne générale, qui chacune contenoit un Corps entier, & ligne particuliere, formée par les divisions de ce Corps.) Les peuples qui se servoient d'Eléphans à la Guerre, furent les premiers qui présenterent une Armée sur deux lignes générales ; les Eléphans formoient la premiere, & les Combattans, tant à pied qu'à cheval, formoient la seconde : nos Armées d'à présent n'ont plus de ces lignes particulieres, elles se mettent ordinairement sur deux longues & grandes lignes, qui sont environ à trois cens pas l'une de l'autre ; & quand il y a un Corps de Réserve, la distance est du double entre ce corps & la seconde ligne.

M.

différentes formes & solidités. (*Voyez* au mot
Retranchement, & à la page 114.)

Maximes. En voici quelques-unes résultantes
de ce qui est dit, tant à la page 1. qu'en d'autres endroits de cet Ouvrage.

Dieu permet les Guerres, il en détermine les
effets, & laisse aux hommes l'exécution de ses
décrets : la sagesse humaine n'agit qu'en cause
seconde dans les arrêtés du Toutpuissant. On
ne devroit faire la Guerre que pour se procurer une Paix durable ; car les suites en sont
si à craindre, que les plus vaillans Capitaines
sont quelquefois les derniers à la conseiller,
quoiqu'ils soient toujours prêts à l'exécuter,
quand on s'y est déterminé. *Sapientis est bello
abstinere, etiamsi graves belli causas habeat.*
(Xenoph.)

Si dans une action que celui qui a dessein de la
risquer, croira décisive, l'avantage ne lui paroît
pas bien apparent pour lui, il ne doit pas le
faire ; les fautes qui se commettent en Guerre
sont souvent irréparables ; un Général ne doit
rien négliger pour s'empêcher d'en commettre, & pour cela, (en se défiant toujours de
son entière capacité) il ne devroit rien faire
sans conseil ; le mérite de ceux qui donnent
de bons avis, égale celui de ceux qui font les
plus grands exploits ; on ne profite qu'une
fois d'une victoire, & les bons conseils ap-
portent un profit durable.

Themistocle & *Epaminondas*, grands Capitaines,
ne furent pas plus estimables par leurs exploits, que *Solon*, *Socrate* & *Caton* par leur
sagesse.

Les hommes qui aiment leurs plaisirs, ne sont
pas propres pour la Guerre : les Romains
déchurent de leur ancienne vertu, au moment

qu'ils se livrerent à la volupté ; ainsi que le dit Pline le Naturaliste, (*l.* 14. *c.* 3.) Un Général prudent , politique & bien conseillé , fait de grands progrès en Guerre.

Pour soutenir une Guerre avec avantage, il faut d'abord avoir des hommes , des armes & de l'argent & ensuite des Alliés ; si l'on ne se croit pas assez fort pour suffir seul , il faut tâcher de n'avoir qu'un seul Ennemi ; car si on en a plusieurs , difficilement en viendra-t-on à bout , à moins qu'on n'ait l'habileté de les desunir ; cette desunion commencera en les rendant suspects les uns aux autres , & en jettant une défiance mutuelle entr'eux. Irriter un Ennemi plus fort que soi , cela s'appelle reveiller le Lion qui dort : pousser à bout un Ennemi plus foible , c'est l'obliger à des extrémités qui sont souvent fatales au plus fort ; de-là vient le Proverbe qui conseille *de faire un Pont d'or à l'Ennemi qui fuit.* En se faisant plusieurs Ennemis à la fois, s'ils sont plus forts, ils vous accablent ; s'ils sont plus foibles ils se réuniront , & alors vous aurez à rompre un faisceau de verges à la fois , au lieu d'une seule baguette que vous auriez rompue aisément , si vous n'aviez eu qu'un Ennemi : cette vérité nous est rendue sensible dans un Apologue d'Esope.

Milice. Terme qui sert à l'expression de différentes choses : tous Militaires composent des Milices, ce qui forme la Milice générale d'un Etat : chaque classe de Militaire forme une Milice particuliere. Nous appellons *Miliciens* les Paysans dont on se sert pour remplacer les vrais Militaires, pendant que ceux-ci font la Guerre. Origine de cette Milice campagnarde ,

Mot du Guet (ou Ordre.) Certains mots que donne chaque jour un Général dans son Armée, ou un Gouverneur dans sa Place, lesquels mots étant communiqués sécrettement à tous ceux qui ont quelque consigne ou commandement dans cette Armée ou dans cette Place, servent, en cas d'attaque, à la reconnoissance des Soldats d'un même parti; ils servent encore à garantir de toutes surprises, tant de jour que de nuit, que voudroit tenter un Ennemi, pourvu que cet Ennemi ne soit pas instruit de l'ordre courant de ceux qu'il a dessein de surprendre. Tems où le Mot du Guet a commencé d'être en usage dans les Armées, 281

N.

Nomades, peuples errans, tels que les Arabes & les Tartares. Maniére de vivre de ces peuples, 17

Nuit. Les Anciens n'attaquoient que la nuit, quand ils se sentoient les plus foibles, 11. Les combats de nuit sont pourtant bien désavantageux, & leur succès bien incertains. La vraie valeur ne s'en accommode guéres; aussi l'un de nos Poëtes, en mettant sur la Scéne un Héros de l'Antiquité, lui fait adresser à Jupiter ces audacieuses paroles :

> *Grand Dieu ! dissipe la Nuit qui nous couvre*
> *les yeux,*
> *Et combat contre nous à la clarté des Cieux.*

O.

Officiers d'Armées ont pris leurs noms des fonc-

P.

Qualités convenables à un Général d'Armée :
il lui faudroit la Valeur d'Alexandre, la Prudence de Fabius, la Ruse d'Annibal, la Tempérance de Scipion, le Bonheur de César, la
Sageſſe de Germanicus & la Bonté de Trajan.

La *Valeur* eſt une force extraordinaire de l'ame,
qui s'oppoſe aux émotions & aux craintes que
la vue des dangers a accoutumé d'élever en
elle, & qui tient dans la liberté & dans la
tranquillité cette ame dans les accidens les
plus fâcheux : *Timendorum contemptrix, terri-*
bilia frangens & deſpiciens. Les grands cœurs
cherchent des ennemis dignes d'eux ; *Alexan-*
dre croyant n'avoir pas trouvé aſſez de réſiſtance dans les Perſes, & ſe voyant en préſence de l'armée de *Porus*, remercia les Dieux
de ce qu'enfin il trouvoit un ennemi digne
de ſon courage. L'Empereur Julien dégoûté
de faire la guerre aux Goths, deſiroit de plus
braves ennemis.

La *Prudence* eſt une habitude de l'eſprit, qui re-
connoiſſant l'inconſtance des choſes, porte
l'homme à s'attacher à celles qui peuvent lui
être profitables, & à éviter celles qui peuvent
lui nuire. Les lenteurs de *Fabius* furent plus
utiles aux Romains que la valeur des autres
Généraux de ce Peuple, qui eurent à combattre contre *Annibal.* On dit proverbiale-
ment qu'un Général d'Armée doit être vieux
d'âge ou d'humeur, pour marquer la prudence
qu'il doit avoir.

Les *Ruſes* dont on peut ſe ſervir en guerre, ſont
une des belles parties de cet art : de tout tems
les plus grands Capitaines s'en ſont aidés, &
elles ont beaucoup augmenté leur réputation, *Dolus an virtus, quis in hoſte requirat ?*
(Virg. Eneid. l. 2.) Annibal a excellé dans

D d

cette façon de faire la guerre.

La *Tempérance* est une vertu qui modére les affections & les plaisirs déréglés; elle a du rapport avec la Justice ; celle-ci est une tempérance publique, & l'autre une justice particuliere. *Scipion* acquit plus de gloire en domtant son amour, qu'en domtant les Carthaginois, & sa continence lui donna en Espagne autant de crédit que sa valeur.

Le vrai *Bonheur* consiste dans la possession des vertus qui peuvent tenir notre ame dans le calme & la tranquillité. Le bonheur dont a joui *César*, étoit d'une autre espece que le bonheur philosophique ; le sien peut être appellé *Fortune* ; il consistoit à rendre ce grand homme heureux dans ses entreprises.

La *Sagesse* consiste à avoir le maniment réglé de notre ame, de nos volontés & de nos mœurs. La conduite que tint *Germanicus*, tant qu'il fut à la tête des Armées Romaines, montre qu'il a mérité le titre de Sage; sa modération le porta jusques à refuser plusieurs fois l'Empire que lui offroient les Soldats de son commandement.

La *Bonté* est une douceur, une facilité & une débonnaireté de nature sans mollesse ni stupidité ; elle est encore la qualité dominante d'une ame bien née & bien réglée : un bon esprit ne refuse jamais les conseils qui lui sont donnés ; & les bons conseils, en matiere de guerre (comme en toute autre chose) sont la cause de la réussite de ce qu'on entreprend. *Trajan* ne perdit jamais de bataille, parce qu'il n'en livroit aucune sans conseil : Enfin, à toutes les belles qualités dont je viens de parler, il faudroit que le Général qui les auroit, pût joindre l'éloquence : l'art de persua-

der porte la confiance dans les cœurs & y
excite les paffions favorables à la guerre.
Les Généraux de l'antiquité aimoient à paroître éloquens, s'il eft vrai qu'ils ayent pro-
noncé les longues Harangues que leur mettent
à la bouche les Hiftoriens qui ont parlé d'eux.

R.

33

Ruse de Guerre, moyens de dérober à l'ennemi les desseins qu'on a contre lui, soit qu'on veuille l'attaquer ou l'éviter; c'est une des belles qualités d'un grand Général de sçavoir ruser finement & à propos. (*Voyez* Stratagême.)

S.

Sévérité, compagne de la Justice; il est nécessaire qu'elle soit exercée pour l'entretien de la discipline militaire, mais il le faut faire avec retenue & bien à propos, autrement elle devient fatale à celui qui l'exerce, 290. L'homme qui est clément imite la conduite de Dieu.

Skytale, noms que les Lacédémoniens donnoient aux Baguettes portées par leurs Généraux d'armées. *Voyez* Bâton.

L'usage de transmettre quelque portion de l'autorité souveraine à un particulier, en lui mettant à la main quelques-unes des marques désignatives de la souveraineté, est ancienne : ces marques sont, entr'autres, la Couronne, le Diadême, le Manteau, l'Epée & le Sceptre. *Pharaon* mit son collier d'or au col de Joseph, en l'établissant Surintendant de son Royaume; *Assuérus* fit revêtir *Mardochée* de son manteau royal; les Empereurs Romains, en créant des Prefets du Prétoire, leur faisoient prendre l'Epée de l'Etat.

Les Dieux & les anciens Rois avoient pour sceptre une Pique; Jupiter, Mars, Bellone & Pallas nous sont ainsi représentés. La Pique royale paroissoit souvent dégarnie de son fer,

alors ce n'étoit plus qu'un bâton ou baguette:
par la fuite on termina ce bâton par quelque
ornement fymbolique ; c'est ce qui fit paroître
ce qui doit s'appeller proprement fceptre.

Cela pofé , quand un Peuple ou un Souverain
établissoit un Officier pour le repréfenter, foit
dans le commandement d'une Armée , dans
quelque ambaffade ou dans l'adminiftration
de la Juftice , cet établissement fe faifoit par
la tranfmission d'une baguette , & la cérémonie faite , l'Officier paroiffoit en public
avec la baguette qui devenoit la marque de
fa dignité : les principaux Magiftrats Romains
portoient de ces baguettes ; elles étoient de
matieres plus ou moins précieufes , à proportion de l'élévation de ceux à qui elles étoient
propres ; la verge d'un Conful étoit d'yvoire ,
celle d'un Préteur étoit d'or : les bâtons de dignités ne s'appelloient point fceptre , ils per-
doient ce nom , n'étant pas entre des mains
fouveraines , ils prenoient ou des noms défi-
gnatifs aux fonctions ordinaires des charges ,
ou des noms relatifs aux commissions extra-
ordinaires qu'exerçoient les Officiers repréfen-
tatifs de leurs maîtres : de-là , le bâton d'un
Ambaffadeur s'appella *Kaducée*, & celui d'un
Général d'Armée *Skytala* ; ce qu'il y avoit de
fingulier dans ces bâtons , c'est que, quoiqu'ils
fussent faits pour être portés comme *Marques*
honorables , ils fervoient encore à une autre
chofe qui a rapport à ce que j'ai appellé à la
page 118. de cet Ouvrage *Cartes Blanches* ,
ils montroient l'autorité reftreinte ou non reftreinte que pouvoit avoir un Officier fupé-
rieur , fuivant l'exigence des cas ; car fi l'Ambaffadeur ou le Général d'Armée nommé devoit n'agir que par inftruction (les Lettres

en Chiffres n'étant point encore connuës)
l'inſtruction convenable à l'un des deux Officiers dont je parle , lui étoit donnée ſur un
rouleau, écrite néanmoins de façon que l'écri-
ture n'en pouvoit ſe lire , ſi le rouleau n'étoit
ajuſté ſur le bâton de l'Officier de la maniere
qui lui étoit enſeignée ; cet enſeignement reſtoit un ſecret pour tous autres que ceux qui
n'étoient pas de la convention comment il falloit ajuſter le rouleau ſur le Skytale ou ſur le
Kaducée pour être entendu. Ces deux bâtons
avoient donc pluſieurs propriétés. 1°. Ils montroient le rang dont étoient les Officiers qui
les portoient. 2°. Ils ſervoient à inſtruire ces
Officiers de ce qu'ils avoient à faire. 3°. Et
après l'accompliſſement de la commiſſion de
ces Officiers , ils montroient ſi les Commiſ-
ſionnaires avoient bien réuſſis ; car ſi un Am-
baſſadeur ou un Général d'Armée venoient
à bout de ce qu'il avoit été exécuter , l'un
montroit ſa baguette environnée d'Olivier ,
& celle de l'autre l'étoit de Laurier.

Le Skytale & le Sceptre , σκηπῖροϊ , viennent
également du mot σκηπῖο´ , *Nitor* , ce qui s'exprime dans le ſimple à quoi eſt propre un bâton en ſervant à s'appuyer, & dans le figuré,
que le bâton eſt le ſymbole de la puiſſance,
compagne & ſoutien de la ſouveraineté.

Soldats. Une Légion Romaine comprenoit différentes eſpeces de Soldats, 65. Bonté d'une
troupe compoſée de Soldats différemment armés , 66

Stratagêmes mis en uſage pour vaincre , 11, 91,
& 142

T.

Les travaux militaires anciens étoient admirables ; pour en être convaincu , (outre ce que j'ai dit à la page 84. de cet Ouvrage fur la force dont étoient les Camps Romains , & fur la peine que les Soldats prenoient à le conftruire) on n'a qu'à réfléchir fur ce qui s'eft paffé dans les Siéges les plus mémorables que nous offre l'Hiftoire ancienne , tels que ceux de Syracufe où fe trouva Archiméde ; de Lilybée , foutenu par les Carthaginois ; de Numance qui dura quatorze ans , de Jérufalem pris par Titus , & d'Amida en Perfe , défendu par les Romains ; on verra que dès-lors ce que nous appellons préfentement grands travaux , étoit fçu & pratiqué ; on voyoit des Lignes de circonvallation & de contrevallation , des Tranchées, des Mines & des Sappes; on conftruifoit fur terre des Blindes ou longues galeries de bois , qui conduifoient les Soldats en fureté jufques au pied d'une muraille qu'il falloit fapper ou efcalader; on conftruifoit encore d'autres galeries fouterraines, qui alloient du Camp des Affiégeans jufques dans la ville affiégée , & ces fecondes galeries étoient affez larges pour que plufieurs hommes y puffent combattre de front ; on

fappoit une tour ou un mur, & à mefure que
l'ouvrage avançoit, on foutenoit la chofe mi-
née avec des pieux, & enfuite, en ôtant tous
ces pieux à la fois, la tour ou la muraille
tomboit toute entiere avec un fracas effroya-
ble, en laiffant une bréche fi grande, qu'une
femblable feroit à préfent l'ouvrage que pourroit faire une groffe batterie de Canons qui
tireroit pendant plufieurs jours ; on avoit l'art
de faire des tours roulantes pour s'approcher
du rempart d'une Ville affiégée & y entrer de
plain pied ; enfin, fi à tout cela on joint (à
l'effet que caufoit les Machines propres à battre les Places, telles que le Bélier & la Catapulte,) l'habileté qu'on avoit à faire former aux Soldats des Tortues convenables à
l'Efcalade & à l'Affaut (lefquelles étoient différentes des Tortues de bataille) ne convien-
dra-t-on pas aifément que les travaux anciens
valoient pour le moins ceux dont nous avons
l'ufage ?

V.

Wergobret, nom donné par les Gaulois à leurs Rois ou Chefs, 191. J'ai assez dit que le mot de *Werr* exprimoit un Guerrier, celui de *Brit* ou *Bret* signifioit quelque chose de peint & de varié de différentes couleurs ; l'Angleterre & notre Bretagne, en Latin *Britannia*, sont nommées ainsi de *Brit* & de *Tann*, pour montrer l'agréable variété dont sont les Campagnes de ces Pays ; les Peuples du Nord, avant d'avoir l'usage de se vêtir de Peaux des animaux qu'ils tuoient à la chasse, ont dû être tout nuds, ainsi que l'étoient encore il n'y a pas long-tems les Sauvages du Canada, les Chefs de ces Sauvages avoient le corps peints & rempli d'Hiérogliphes de différentes couleurs. Les premiers Wergobrets qu'eut la Nation Gauloise, pouvoient aussi être peints de la même maniere, & avoit tiré de-là leur dénomination de *Guerriers-Peints* ; ils la pouvoient mériter par préférence sur tous les autres hommes soumis à leur conduite pour deux raisons, 1°. Parce qu'ils étoient les plus en réputation de valeur, & par-là on les titroit de Guerriers par excellence : 2°. Leurs corps plus remplis de couleur que ceux de leurs sujets, en montrant leur qualité, ont pu faire joindre le titre de Peint à celui de Guerrier.

Fin de la Table.

APPROBATION.

J'AI lu par l'Ordre de Monseigneur le Chancelier, un Manuscrit ayant pour titre *Histoire de la Guerre, avec des Réflexions sur l'origine & le progrès de cet Art.* A Paris, ce 25 Octobre mil sept cent quarante.

Signé, SIMON.

PRIVILEGE DU ROY.

LOUIS, PAR LA GRACE DE DIEU, ROY DE FRANCE ET DE NAVARRE : A nos Amés & féaux Conseillers, les Gens tenans nos Cours de Parlement, Maîtres des Requêtes ordinaires de notre Hôtel, Grand-Conseil, Prevôt de Paris, Baillis, Sénéchaux, leurs Lieutenans Civils, & autres nos Justiciers qu'il appartiendra ; SALUT, Notre bien amé le Sieur BENETON Ecuyer, ancien Gendarme de notre Garde, Nous ayant fait supplier de lui accorder nos Lettres de Permission pour l'impression d'un Manuscrit qui a pour titre *Histoire de la Guerre, avec des Réflexions sur l'Origine de cet Art, par ledit Sieur* BENETON, offrant pour cet effet de le faire imprimer en bon papier & beaux caracteres, suivant la feuille imprimée & attachée pour modéle sous le Contrescel des Présentes, Nous lui avons permis & permettons par ces Présentes, de faire imprimer ledit Ouvrage ci-dessus spécifié, conjointement ou séparément, & autant de fois que bon lui sem-

blera , & de les faire vendre & débiter par tout
notre Royaume , pendant le tems de trois
années consécutives , à compter du jour de la
date desdites Préfentes. Faifons défenfes à tous
Libraires , Imprimeurs & autres perfonnes , de
quelque qualité & conditions qu'elles foient ,
d'en introduire d'impreffion étrangere dans aucun lieu de notre obéiffance. A la charge que
ces Préfentes feront enregiftrées tout au long
fur le Regiftre de la Communauté des Libraires
& Imprimeurs de Paris , dans trois mois de la
date d'icelles : que l'impreffion de cet Ouvrage
fera faite dans notre Royaume & non ailleurs ;
& que l'Impétrant fe conformera en tout aux
Réglemens de la Librairie , & notamment à celui du dixiéme Avril mil fept cent vingt-cinq :
Et qu'avant que de les expofer en vente , le Ma-
nufcrit ou Imprimé qui aura fervi de copie à
l'impreffion dudit Ouvrage , fera remis dans le
même état où l'Approbation y aura été donnée, ès mains de notre très - cher & féal Chevalier le Sieur D'AGUESSEAU , Chancelier
de France , Commandeur de nos Ordres ; Et
qu'il en fera enfuite remis deux Exemplaires dans
notre Bibliothéque publique ; un dans celle de
notre Château du Louvre , & un dans celle de
notredit très - cher & féal Chevalier le Sieur
D'AGUESSEAU , Chancelier de France ,
Commandeur de nos Ordres ; le tout à peine
de nullité des Préfentes : Du contenu defquelles,
vous mandons & enjoignons de faire jouir ledit
Sieur Expofant ou fes ayans caufe , pleinement
& paifiblement , fans fouffrir qu'il leur foit fait
aucun trouble ou empêchement. Voulons qu'à la
Copie defdites Préfentes , qui fera imprimée tout
au long au commencement ou à la fin dudit Ouvrage , foi foit ajoutée comme à l'Original.

Commandons au premier notre Huiſſier ou Sergent, de faire pour l'exécution d'icelles tous actes requis & néceſſaires, ſans demander autre permiſſion, & nonobſtant clameur de Haro, Chartre Normande & Lettres à ce contraires. CAR tel eſt notre plaiſir. DONNÉ à Verſailles le troiſiéme jour du mois de Février, l'an de grace mil ſept cent quarante-un, & de notre Régne le vingt-ſixiéme. Par le Roi en ſon Conſeil.

Signé, SAINSON.

Regiſtré ſur le Regiſtre x. de la Chambre Royale & Syndicale des Libraires & Imprimeurs de Paris, N° 451. fol. 451. conformément au Réglement de 1723. qui fait défenſe, Article IV. à toutes perſonnes, de quelque qualité & condition qu'elles ſoient, autres que les Libraires & Imprimeurs, de vendre, débiter & faire afficher aucuns Livres pour les vendre en leurs noms, ſoit qu'ils s'en diſent les Auteurs, ou autrement; & à la charge de fournir à ladite Chambre Royale & Syndicale des Libraires & Imprimeurs de Paris, les huit Exemplaires preſcrits par l'Article CVIII. du même Réglement. A Paris, le 4 Février 1741.

Signé, SAUGRAIN, Syndic.

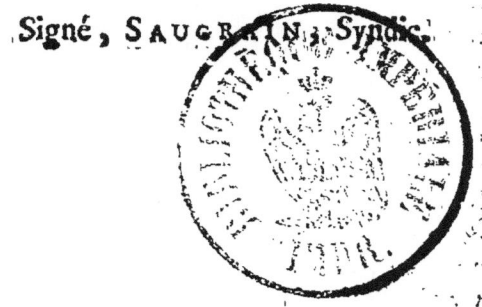